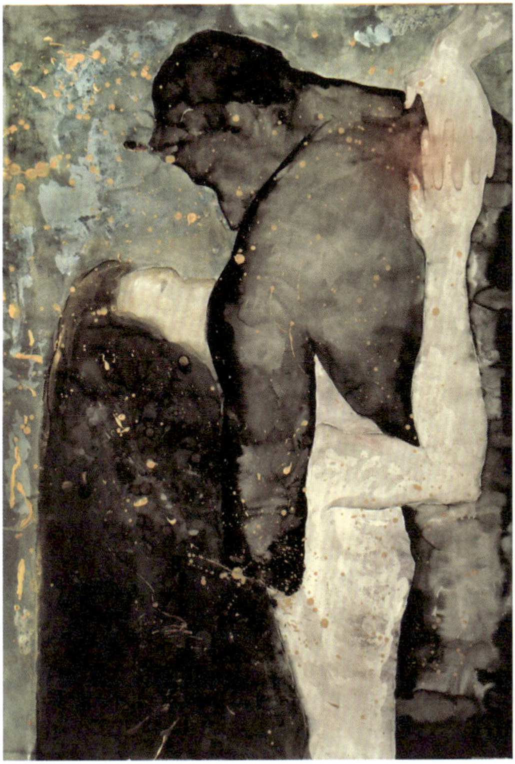

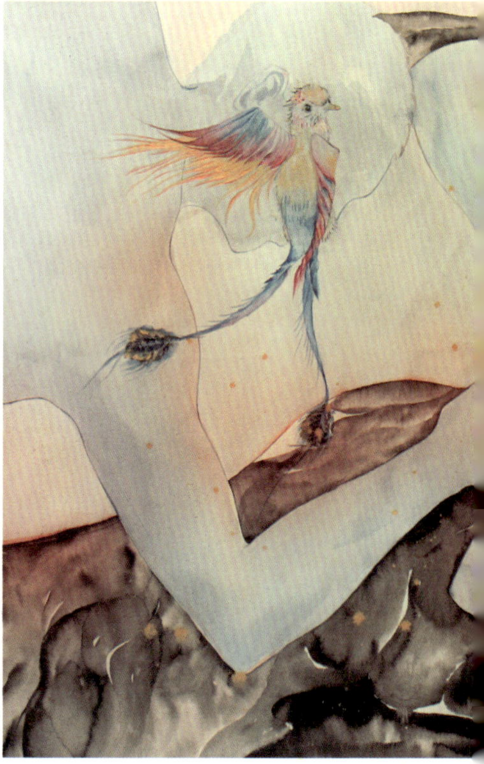

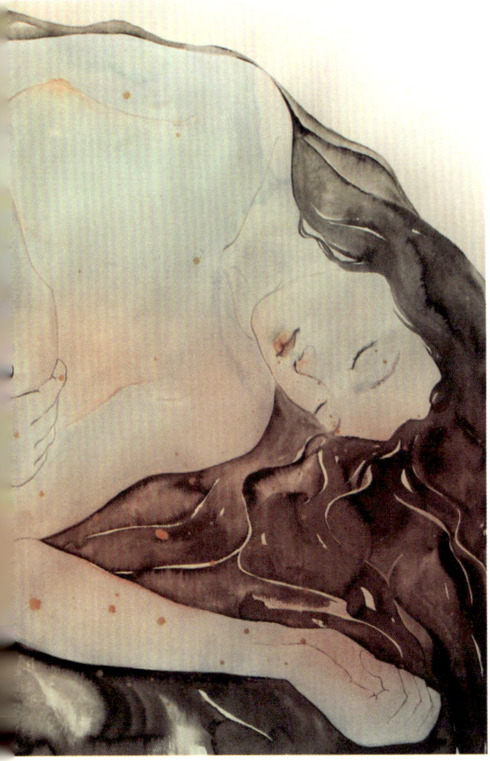

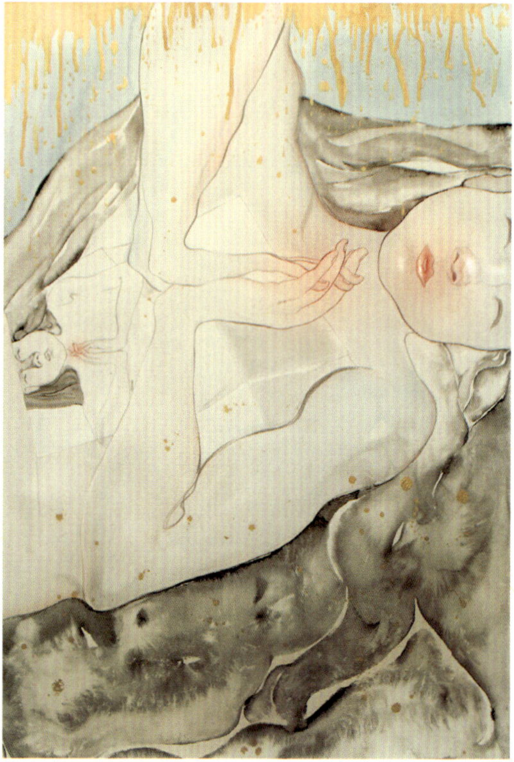

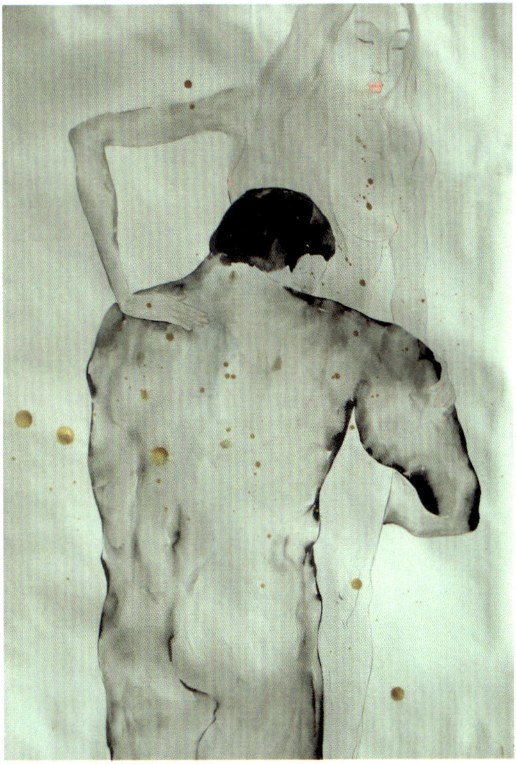

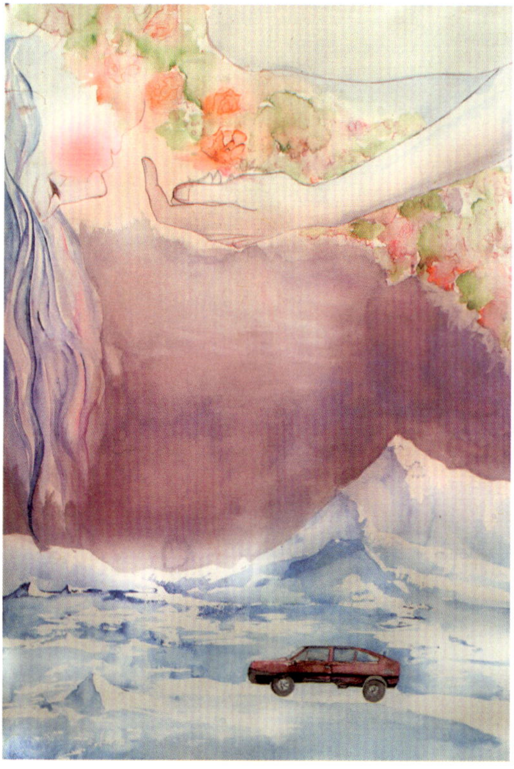

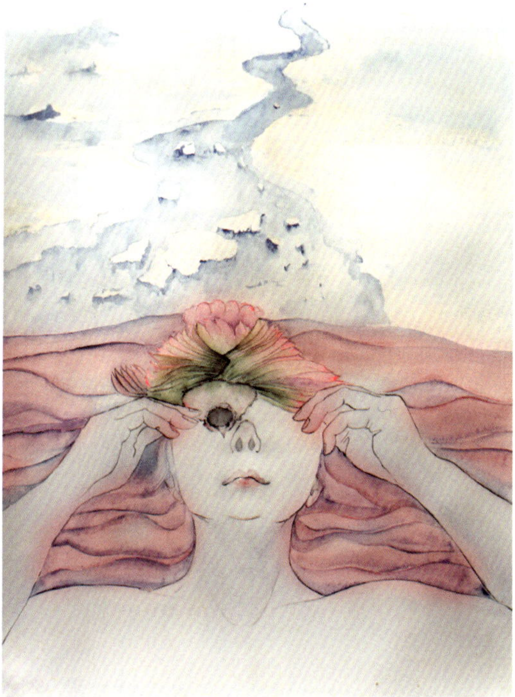

依偎真言题

依偎

Snuggling

丁捷 著

江苏凤凰文艺出版社

图书在版编目（CIP）数据

依偎 / 丁捷著. — 南京：江苏凤凰文艺出版社，
2014.1（2022.10 重印）
　ISBN 978-7-5399-6765-3

　Ⅰ.①依… Ⅱ.①丁… Ⅲ.①长篇小说—中国—当代
Ⅳ.①I247.5

中国版本图书馆 CIP 数据核字（2022）第 177203 号

依偎

丁捷 著

出 版 人	张在健
责任编辑	孙楚楚
装帧设计	周伟伟
责任印制	刘　巍
出版发行	江苏凤凰文艺出版社
	南京市中央路 165 号,邮编:210009
网　　址	http://www.jswenyi.com
印　　刷	江苏扬中印刷有限公司
开　　本	880 毫米×1230 毫米　1/32
印　　张	6.25
字　　数	150 千字
版　　次	2014 年 1 月第 1 版
印　　次	2022 年 10 月第 6 次印刷
书　　号	ISBN 978-7-5399-6765-3
定　　价	28.00 元

江苏凤凰文艺版图书凡印刷、装订错误,可向出版社调换,联系电话 025-83280257

假如没有2012
你我也许不会真爱

(一)

　　在北国冰天雪地的背景上,安芬呵呵呵地傻笑着。那会儿她一直在用探寻的、热烈的目光勾我。请不要误会,我说勾,目光勾我的勾,并不意指勾引,我只是觉得目光是有形状的。代表我们不同心思的目光都是有不同形状的吧。这个应该好理解。它像我们大学时候所上的色彩课,严谨的老师会把色彩讲得很科学,浪漫的老师会把色彩讲得很艺术。很科学地用色彩画画儿,一定会把太阳画成红色,或者黄色、金色。浪漫地画就不是那回事了,太阳可以是黑色的,可以是蓝色的,因为太阳是画家的心,随情变幻啊。还可以像莫奈那样,把太阳画成一盘彩色沙,或者梵高的太阳,是一堆盘旋的线条,每一根线条都有一道生命,太阳并不是一个单一的生命啊。我觉得人心再复杂,再怎么玄乎,都是可以用色彩来模拟的,最多加上色彩的形状和动态吧,一张绘画,完全可以把心描绘得透彻。安芬这个时候的目光,如果我来用画笔表现,那应该是一种藤蔓状的色彩,哀怨的柔软,快乐的迷离,也很有一种力量;它向外生长,扩散出许多小手,抓住你,抓住你的目光,抓住你的注意力,甚至抓住你的心思。除非你的目光不与她相遇,相遇了就不要企图逃脱。我没有逃脱,也许心里暗自渴望,这也许是我意外的旅途中,一份意外的体验机会。

圣诞日的下午,我们坐在三楼简陋的平台上,喝着一种叫作藤香茶的茶。安芬说,这专属于亚布力思地产的藤香茶,里面是有许多故事的。喝这种茶,会使人产生美好的迷幻,抑或糟糕的迷幻,与其说它是一种茶,不如说它是一种毒品,有毒的饮品。

"你,南方人啊,你一定不相信,这个很玄。"安芬做了一个撇嘴的表情,用调羹把暗红色,甚至有些随着午后日光的倾斜变成紫色的茶水,搅了两搅,用她的鼻尖去嗅其中的滋味。"反正,我是相信的,每年我喝这种茶,每年都会体验到奇遇。你看,今天碰到你,也许就是一场奇遇。每年许多游客,来到亚布力思,不一定是冲着这里原始的、几乎与世隔绝的自然风光,以及博大天然的滑雪场地,但我们一定是冲着一壶藤香茶来的。这么说吧,人们渴望平庸的生活,有一天会在外力的作用下,那种外力也不是刻意的外力,更不一定强大到什么星球相撞,江海翻腾啊,只一点外力,漫不经心的外力,就使我们的生命出现奇迹。哈哈,一杯茶就是这样的。人们堕落、吸毒也就是为了寻找生命的奇迹,想象中的奇迹吧,很虚幻。"

她这样炫耀藤香茶,似乎在为我们的相遇相识,找到很好的注解。至少到现在,我和她能坐到一起,看起来还真是有些戏剧性。我一大早从几十公里以外的县城,转车过来。我来到亚布力思度假村简陋的总台前,正准备办理住宿手续,可是,我发现我的行李怎么就不在了。什么时候不在的?忘记在出租车上,还是丢在了机场出口通道边的厕所盥洗台上,抑或根本就没有从飞机上拿下来,甚至根本就没有带上飞机,彻底忘在家里?我仔细回想了好一会儿,有一千种疑问在我脑海中翻腾,就是没有理出行李的真正线索。我很懊悔,从县城打到一辆出租车,似乎就是一路睡过来的。天那时候几乎没有亮,出租车开着大灯,小心翼翼地在山区攀行着。我在睡觉,把行李的事,丢到九霄云外去了吧。丢就丢了吧,丢了也就是几件破衣服,一些画画儿的颜料和笔什么的,最值钱的大概也就是一个锋利牌的剃须刀吧,那是我以一张80 cm×100 cm的油画的价钱换来的。那又有什么关系呢,不过是一张破作品的价值啊。可是,行李不见了,会议报到证,装身份证的钱包,这一切也就没有了。只剩下我人一条,站在总台前,对着陌生的总台小姐,急切地解释。

"先生,您所说的会议,也许前一阵是在我们这里召开过,可是,最近真的没有您说的会议。"陌生小姐无奈地告诉我。我把那个会议的名称详细地告诉她。她和善地笑着回答我,没有,真的没有这个会,也许您记错了名称,也许记错了宾馆吧。

亚布力思,噢,亚布力?不是,亚布力,亚布力是北方的另一个地方吧?我要的就是亚布力思,一个四个字的看起来如同山寨了亚布力的地名啊,当时对这会议通知,我就是这样想的。我当时嘿嘿地笑了,地球上有许多名字,就是这样的。

"没错,亚布力思。就是这里。"我说,"会议就是一个笔会嘛,尊敬的某某某,你好,我们荣幸地通知你,你的画作《遥远的马力,以及夏日》经专家评委认真评选,获得本次大赛二等奖。请于某年某月某日如何如何,什么什么的,就是这样的笔会。"

总台小姐笑了。她并不在认真听我的话。总台上并不忙碌。她的手指一直没有离开柜台里电脑的鼠标。我想她沉浸到"传奇"或者"魔兽"或者微博里去了。我有些生气,站在那里独自生气。

就在这个时候,安芬走向我。她从门外进来,走到我后面,好奇地望着我。在我的目光与她相汇的一刹那间,我们都有些异样感——应该说,我有些异样感。当然我没法说这种异样感是什么,来自哪里。我冲着她笑了一下,她有过短暂的迟疑,然后脸上也露出了笑。在我看来,有些神秘莫测的微笑。她一定完全听懂了怎么回事,于是直接就走过来说:"噢,孩子,你拿我的身份证先登记吧,费用我也先给你垫着。其他的,住下来有时间慢慢查找。"

尽管那一声老气横秋的"孩子"称呼,让我觉得真逗,但我还是说了很多感激的话。她始终微笑着,帮我办妥了一切。我真的如她称谓的那样,变得很安静,很乖,就是一个听话的孩子。我能怎么样呢,一个连自己身份都无法证明的陌生客,在亚布力思度假村陷入了茫然无助。安芬不及时出现,我在这一刻也就变成一条流浪狗了。从安芬走向我的第一秒钟开始,我就注定要自然而然地、乖乖地跟着,仿佛她是我的主人,而我从一条流浪狗,变成了一条幸运的宠物,至少是一个找到了临时寄寓的宠物吧。

一个奇遇是不是就应该有这样的开端呢?

入住了安芬帮我安排的小单间,又跟着她到副楼的底层餐厅吃了午饭。我有些困倦,想回到房间休息。可安芬兴致正高,把我"押到"顶楼露天的茶座。"你现在是我的奴隶!"她对我的帮助,我是不得不接受了的心情,唐突,不安,也有点欣喜。但她倒是眉飞色舞,恰如成就了一份可以惊喜的收获,"没有我,你哪里也去不了,在找到行李之前,最好跟着我混,老老实实听从我的安排噢。不过你放心,我不万恶,不会虐待你哦。你不要当我是奴隶主,也不要当我是政府,可以把我当作姐姐啊,说不定你就有一个丢失的姐姐,在你很小很小,形成记忆能力之前,有一天你姐姐从家里出走了,你的父母呼天抢地地寻找,最终没有找到,二十年后,上天安排她跟她的弟弟奇遇,就是今天的你和我,哈哈。"

我们俩为这个假设笑得前仰后合。我说,你真会奇思妙想,真有你这个姐姐,多好啊,吃你心安理得。

"一切皆有可能。"她说了一句那种滥街的广告词,并一本正经地说,"我就有一个丢失的妹妹。"

安芬主动,热情,话语里充满小机智,甚至有一点精于世故的油滑,看起来与调皮难以区分的油滑,但这让我喜欢,在我看来,任何陌生感遇到她,在短时间里必定荡然无存。

"我请你喝一杯特产茶。"她打了一个响指,茶座的服务生一定跟他很熟,笑眯眯地过来。"一壶藤香茶,两个杯子。"她说。

"疼、香、茶?"我对这个名字不解,"喝了会心疼还是胃疼啊?"

她哈哈地笑,说:"藤,藤蔓的藤,香,香水的香。不过,它的产地倒是乡下的乡,所以藤香茶,藤乡的茶,你喝喝看,想哪儿疼,都行啊。"

茶上来了。

"我们先要焖茶,这当儿给你讲一个笑话。"安芬提议。

"当然好,"我说,"有笑话当茶点,好好好。"

"从前有两只海龟在沙滩上相遇,一见钟情。他们在一起窃窃私语,亲密地拥吻,并相约第二年到这里再幽会。第二年的这一天,公海龟早早地来到时,看见母海龟已经躺在那里等他了。公海龟非常激动,走上前说,早啊宝贝。母海龟却气愤地骂道:早你妈个头啊,只顾着自己爽,也不把本小姐翻过来,害得我在这里躺了一年,肚皮都快晒爆了!"

安芬几乎是费了十分大的克制力,才没有笑喷的,总算讲完了故事。见我不动声色,她急了,说不好笑吗,这么逗的笑话。我说好笑是好笑,可这个笑话太老了,听N遍了,实在配合不了你啊。安芬白了我一眼,说我还没有讲完呢。

"第二年他们亲热完,那个脑残的公海龟又忘记把人家翻回去。第三年他再来幽会时,发现母海龟带着一大群大大小小的龟仔在沙滩上嬉戏。公海龟一阵惊喜说:看来俺当爹了!可他一看,不对啊,这么多大大小小的孩子,显然不全是自己的啊,就问:谁是我的孩子。母海龟说,我也不知道谁是你的孩子。公海龟就自作聪明地说:找到自己的孩子不难,只是需要时间,等他长大了跟女朋友约会,忘记把人家翻过来的一定是我的儿子。母海龟一听,冷笑着说:哼,告诉你吧,你忘记把我翻回去,后来每路过一只公海龟,看见我的白肚皮就过来上我一次,每次上完之后都忘记翻我回去,就这样我有了许多孩子。如今这个年代,会下种的男人遍地,人品好有责任心的男人绝种了。"

这次我忍不住笑了。安芬就说:"这次你总算配合了,但是配合得不对啊,你应该怒目圆睁,对我说,嗨,美女,不带这样骂人的!"

"你怎么知道,我是遍地的那种?"我说。

"那你是绝种的那种了?"

我做了一个抽打她的动作,说你们北方人,祖祖辈辈给冻结在炕上,练就的全是唠嗑本领。

说完笑话,安芬给我倒上茶,并一再提醒我,每一次喝藤香茶,都要带着一颗虔诚甚至迷信的心。"当着人生的一次初恋,"她这样描述,"尤其是你第一次品尝这种茶,就像第一次约会女孩,不,第一次去解一个陌生女孩的衣服扣子,把女孩翻在沙滩上,哈哈。噢,不对,应该是第一次去探究一个女孩的心思吧,那样,郑重,神圣,当一个人生仪式似的。"

她熟练地搅合着藤香茶。这种茶喝起来苦苦的,可是吞下去之后有好几种回味,很难说得清楚的复杂回味,感觉味蕾受到一种颠覆,的确让你产生莫名联想。我很想知道这种茶的具体来源,更想了解一点安芬所说的致人奇遇,至少安芬应该举个我们以外的例子吧。安芬手压嘴唇,做了一个不许的动作,补充说:"孩子,不许贪心,先按照姐姐我设计的题目,讲讲你自己,然后才能从我这里换到你要知道的。"

大概在遇到我之后不到十分钟的时间,安芬就说,讲讲你自己吧。此后,我就像耳鸣一般,耳朵里老是嗡嗡地响着,时不时听到安芬喊我:"喂,你是谁?"

听到她这样问时,我掉头看她,她总是不再说话的样子。我有点迷惘。后来一想,也对呀,无缘无故的帮助,难道连一点对受助者的知情权都没有吗?我心里一定还是有些不安的,有些过意不去啊。

于是,我说:"我自己? 好啊,我是一个无名的画家,西画的那种,平时靠给出版社画插画为生的,哦,也许应该是个会画画儿的青年吧,不能算是家,这次从南方来参加一个颁奖活动。我有一幅画得奖了,一个不算大的奖,可这是我平生第一次……"安芬打断我的话,说,"不是啦不是啦,我对这些可不急着感兴趣,我要你讲讲你的恋爱啦,你谈过恋爱没有?现在有女朋友吗?她是南方人,还是北方人?她不会是上海人吧?我想象上海女人,都是白白胖胖的,微胖的那种,嘴巴很凌厉吧。有的话,你就讲讲啊。"

这把我吓了一跳。我说:"您是记者吗?是记者可我也没有什么八卦价值啊,我是一个无名画家,甚至不配叫家,只能说是油画作者而已!一点新闻价值没有。"

"你不是名画家,我也不是记者。"安芬放声大笑,周围的人好奇地向我们张望。安芬说:"这样我们才平等嘛。平等的人遇到一起,随便点好不好?舍掉复杂程序好不好?我就是这样的人,喜欢这个,遇到看得我眼睛舒服的男人,哼哼,也包括你这样的男孩啦,就会上去跟他说:'先生,啊,或者说,小子,帅哥,给姐讲讲你的爱情故事吧。'就这样,大部分人会被吓一跳,然后,不安地坐下来,最终把他们的故事全倒出来,仿佛倒出了一辈子的苦水,很痛快的。"

"这是为什么,你不是记者又为什么收集这些?我想大部分人讲的都是那些自以为不一般,其实很平庸的陈芝麻烂谷子的事情吧。"

"不是你想象的那样。"她用手撑起下巴,侧着脸仰望亚布力思的天空,说,"一人一世界,正相反,每个人的故事都不平常。"

"即便非常奇特,可堆积在那里,一样是垃圾。"我指指安芬的脑袋。安芬对"垃圾"这个词很不满,说,"什么呀,你才是垃圾呢,你这个南方的臭小子。"

我们都呵呵地笑起来。我再次问这有什么用。安芬说:"我真的真的,都要快瞧不起你啦,凡事一定都是有功利才有价值吗?我喜欢,这就是用场。噢,对了,你们南方佬都是生意经吧,有一颗很实用的脑袋对吧?告诉你,这些故事,就是用来创造品味、制作绝品的藤香茶的!好茶要有好点心,奇茶嘛,当然得有奇妙故事做伴侣啊。"

我不禁瞪大眼睛。安芬说话就是让人一惊一乍。安芬说:"小男生,不要怀疑吧。我不是霸王条款对你,你一个故事,可能没讲完,就陷入我的故事中了。我说过,我们是平等的。"

"可我,还没有来得及培养出、对、你的、故事、的兴趣、呢。"

"你会的。"她眯缝着眼睛,仿佛要把她的目光压得更扁,"你求我讲的日子在后头呢,到时候管我叫姑奶奶,还得看姑奶奶脸色。"

我们忍不住大笑起来。简陋的屋顶平台茶座,稀疏的茶客注意力全被收拢了过来。

"讲讲你的初恋,或者你的第一次春梦吧。"她看看周围的人,朝他们一一点头,笑,致意。然后,她抽烟。不知什么时候出现在桌子上,一包烟,一个火机,她熟练地玩弄它们。她把火机啪啪啪地打着,再熄灭。如此反复。她的脸上露出一点有些邪乎的笑。她隔着桌子,身子向前倾过来,然后我闻到了一种清淡然而持久的香水味,带有一点柠檬的清凉气息,一点苹果的甜香。她在我的耳边轻轻说:"任何一个女人,都把自己的初潮,初吻,初爱,初孕,看得很重,珍藏得很深,对不对?"

我在她的香郁里有些意识迷离。她的脸颊与我靠得实在太近、太近了。我点点头,没有说话。我想,我能确定她的说法,但是我不能体会。

"这样好了,小子啊,你说你的。然后,我也给你说我的。行不?"

我情不自禁把脸离开一线,好让目光能看见她的眼睛。她的瞳孔几乎都放大了。我在那里面看到了自己的头影。我甚至被那么清晰的头影吓了一跳。

我被自己吓了一跳。咳咳,我被我自己的影子吓了一跳,通过一个女人的瞳孔。

(二)

"我觉得说出这样的故事,是违背本意的,也是良心不允许的。"

尽管我再三在内心抵御自己的倾诉欲望,而且再三这样申明,但安芬这个人不可抗拒,她对我这个比她至少年少十岁,身藏的那么一点可怜的阅历,倾注着好奇与渴望。她的一番话,迅速构成了一种逻辑,你面对她就等于面对了这种逻辑,被这种逻辑推着走,然后就不得不服从这种逻辑,服从构筑这种逻辑的主人。一个陌生的女人,我很想管她叫女孩,可她的成熟看起来实在不能算是女孩了,叫女人已经相当恰当,在最初结识的几个小时内,她略施软硬,便让我无法摆脱倾诉。人们常说,一切的一切都来自缘分,而缘分是不可解释的,缘分也就成为一切的一切不合理事情发生的合理出口。缘分也许完全可以再去证明安芬式逻辑的合理性。

"讲述初恋要从哪里开始?初恋有确定的定义吗?"我这

样问安芬。

这种问话里，蕴藏了许多卑怯。二十几岁的男人，抑或，如安芬对我的称呼，男孩吧，面对三十几岁的女孩，抑或，更应该说是三十几岁的女人，讲述自己任何与爱情有关的往事，有多少底气呢？

安芬笑眯眯地看着我的眼睛。午后的阳光有些晃眼。冰封的大地像一块摄影师专用的反光板，它的冷漠恰好映衬出景框里的人物的温暖。没有一丝一毫的风吹动，四周不知什么时候，茶客散尽，也没有闲人。甚至楼周围密密匝匝的松林间，连一只小松鼠也没有出现。这让人有些恍惚，让人容易进入回忆，让人觉得自己回到先人的中世纪。安芬的确是一个套取他人私密的高手，她借助大自然的本领一流，你置身于眼前这样的天然布景里，一定跟我一样对她的好奇甚至贪婪无法抗拒。我甚至觉得，这本来就是一个布景，安芬和她幕后的导演设计我，人们都在演戏，只有我自己不知道而已。这好像是一部美国电影《楚门的世界》，我是像楚门一样被设计进来的，我是一个不自知的男主角，现在正面对着安芬，一位事先精心打扮过的美人，一位每天出门上场前，背诵好了台词的女主角，抑或女配角。

安芬如同看穿了我的心思，把目光从我脸上移开，在我们的环境里搜寻般地扫了一圈，说："没有人，没有谁在关注我们，只有我。一个你怀疑的窥私狂。"

这倒把我弄得极其不好意思。想想也是，两个人遇到一起，闲散的下午茶，总要有茶话呀。恋情啊，往事啊，尤其是初恋啊，人面桃花，相逢一笑，窃窃私语，是有那么一点情调。我一边说服自己，一边忍不住捉摸安芬问话里的真正意图，寻找叙说的突破口。

"所谓初恋啊，我的理解是，男孩第一次跳出母爱，进入另一个异性的特殊感觉空间。"安芬这样阐述我的疑问，马上又挥手，驱赶出这段话,说,"不对不对,怎么这么别扭啊,应该说,最初对母亲之外的异性,产生复杂的情感,激动,牵挂,甚至有些罪恶感吧。"

这不能算是初恋的定义吧?我记得读中学时,生理卫生课堂上,戴着深度近视眼镜的女老师,用高八度的声音这样朗读"初恋"———少男少女初恋是情的"萌生",不是性爱本身,它往往是单方面的、心理上的、感情上的爱恋,是纯洁的心理之恋。这种心理之恋往往带有浓厚的幻想色彩,具有不现实性和脆弱性。它像是一场有趣的游戏,给人留下的是亲切的甜蜜的回忆。———这样的定义比起安芬的说法,显然不够宽泛。但是细细一想,安芬说法里的不确切性,更能唤起人的不着边际的回忆。

"有一个简单不过的方法,你使劲往自己小时候回忆,使劲往前,看看谁是第一个让你想起来有故事的异性,与你之间有故事的异性。"安芬诱导着,"比如说我吧,我可以回忆到自己不到十岁时那么远,我与一个邻居大哥哥之间,曾经发生的一点事情,这点事情至今能记得,说明当时受到的心理和情感冲击大,所以记得,这么多年记得,就可以证明是一种牵挂,就可以说是初恋吧。"

我倒想听听安芬不到十岁时的故事,虽然她这话听起来真的有些俗套,明显像是瞎掰的开场白,过家家的小女孩,邻居大哥哥,这样的关系设计几乎可以成为一切江郎才尽者的文艺创作模板。安芬会用这个模板铸造出什么来着?

安芬不肯说。这个女人有时就如同电影里的一个角色,说半截话然后戛然而止,迅速把自己从说者转换成听众。她们是狡黠却让人无法讨厌的交流对象。我彻底妥协了。如果我能毅然从这个茶座起身走开,说句再见,然后打算永远不再见,那我可以不对她说什么初恋。可是我压根儿没有想过这样闪开,遇到安芬,连离开的念头都没有闪过。再说,我现在身无分文,连身份证件都丢失了,离开安芬,立即就变得寸步难行了吧。

"说一件事,做一件事,你一定要理由的话,一定要好处的话,我可以给你一个。"安芬依然在做着动员,"对着陌生人讲初恋之类的隐私,是可以疗伤的。"她继续说,"好往事拿出来晒晒,会变得更鲜亮;坏往事拿出来晾晾,会被风干,甚至转化成无毒。这就像是我们老家腌制腊肉,腌制的时间要充足,但晾晒的过程也必不可少,只有晾晒过才有太阳的干香。"

你还有什么办法呢?只能循着她的思路,按照她的要求去说。

整个下午,我对安芬的回答,就从一个女孩——我的小学同学马力开始。

大概十五年前,哦,也许更早一些,我在苏州与上海之间的太仓老家,每天背着书包,穿过小镇湿漉漉的石板街,再过镇子西边的一条大河,一座大桥,进入一片开阔的田野。这个田野中间,是我们孤零零的小学校。这个田野在我的记忆中,春天一直是长满菜花的,夏天一直是密不透风的玉米地。有菜花的季节,空气中混杂着浓香;有玉米的季节,天空爬上了密不透风的玉米墙。其他两个季节没有意思,我甚至都不愿去回忆秋冬的田野是什么样子的。我的故事也不愿意发生在荒凉里。我的故事从菜花地到玉米地,这才是温暖的,私密的啊,夹带着咸的味道,湿的色彩。班上有个女孩,对,有个男人用得很烂、女人极少使用的好名字,马力。她的个子比我足足高一头吧,这让我很受压迫。我从一年级注意她开始,就追着她长高,可追了几年,我眼看着自己在自家墙上的身高刻度不断上调,但我与女孩的这段身高差却一直没有填上。我为什么要追着她长高?是因为她欺负我,我就对自己说,我必须长高,超过她,总有一天,我会叉腰往她面前一站,一言不发,她就落荒而逃。

我跟她第一次较量,是在三年级下学期开学后的一个月。哼,她的名字叫马力,当时就引起同学们的不满,马力,我们怎么能让她叫马力的呢!也许应该是马丽或者马莉,但的确,看到她作业本上歪歪扭扭大大咧咧地写着:马力,只能很憋气地瞪着眼睛。马力长的是一张有些苍白的瘦削小脸,线条锐利,但五官看上去很乖,其实性格一点也不乖。听说她的爸爸在上海做生意,在她出生不久就被一个女人拐走了,丢下了她和她的妈妈。她的妈妈从此变得脾气很暴躁,经常打她。那个脾气暴躁的女人为了养活自己和女儿,在镇上开了一个小服装店,卖童装。卖了几年,服装店变成一个服装厂,脾气暴躁的女人变成了一个脾气暴躁的女老板。这当然是后来的事了。还是先说第一次打架吧。

我从小喜欢画画,幼儿园时就得过全县儿童画大赛一等奖。我喜欢把班上的同学一个一个地画出来。画到马力的时候,是一年级的四月份。我夸张了马力的脸和两只小辫子,使她看起来像怪物史莱克,只是比史莱克更怪更凶一些。我在一张纸头上画了十二个马力,按一年十二个月穿上十二套奇怪的衣服,组成一个形如老式拖拉机的图案。谁叫她妈妈是卖衣服的呢!我题上画名,大概叫《夜叉变变变潮流版

12马力拖拉机》什么的。为什么要丑化她呢?因为她一年四季的确把衣服换个不停,是全校衣服花样最多的女生。她是她妈妈的模特儿、衣服架子,是她家小店的活广告。她也是全校脾气最火爆的女生,有其母必有其女吧。我们都想挑战一下马力。可事实上,没有人能挑战得了马力,马力的语文数学全班第一、全年级第一;外语口语比赛全县第一;体育呢,跑步、跳高,甚至举重、铁饼、铅球成绩都是最好的,男女生加一块儿比她都是全年级第一。她还经常带领几个女生,跟男生打群架。没有人盖得了她的风头。我不怕她!我这样宣称,然后就画画,画出一个丑丑的马力。在一个下午的课间活动时,画被贴到教室的后墙上的板报角落。同学们"轰"一下围过去,兴奋地鼓掌、谈笑。马力听说我画了她,拨开人群,来到画跟前。她的脸慢慢地成了猪肝色。她回过头来,目光在人群中找到我,大声问:

"王八蛋,你为什么画其他人漂漂亮亮的,画我就丑丑的?"

"不丑啊。"我说,"不丑啊,你就是这个样子的啊,再说,这怎么能叫丑呢?你懂不懂艺术啊,我还花了最多的时间呢!"

"是吗?"马力掉头再看看她的画像,然后一把把画儿扯了下来,说,"就算不丑,好吧,就算是什么屁的艺术,可我不满意,我要你重新画一张我,跟其他人的一样的,只画一张脸,行不行?"

"不行。"我说。

同学们笑起来。马力就捏着那张画,慢慢拨开大家,走向我。笑的声浪一波高过一波,又演变成怂恿性的喝彩。这有些像角斗士捏着拳头走向野兽的电影镜头,人们兴奋,我们受到聚焦。可我不是野兽啊,我不过是用一张画挑衅了一个高个子女生。我设想这个女生会因为这张画重新给自己定位一次,削减掉一些自信,然后至少吃草的时候像长颈鹿似的低下头去。可这个女生竟然不是长颈鹿,这个女生当然不是长颈鹿,她可能是一只高大的暴龙,轰隆隆地向我逼近。她的脚步声和我的心跳很合拍,它们在紧张、呼声四起的混杂空气中协奏。我开始心虚,但我不能跑开。我装着无所谓的样子,站在那里等她。我心里告诫自己,要临危不惧,否则为马力同学策划的笑话,会长着柄子飞回自己身上。我把头昂起来,感到大地上起雄风了,血色残阳啊,万马踢踏啊,江水奔腾啊,山河壮阔逶迤,狼烟四起,呵呵,呵呵,可就在这时候,人群"轰"一下散开。有人高喊,老师来了!大家慌乱四处逃散,寻找自己的座位。

马力愣了一下,她已经跟我不到一拳的距离了。她那只捏着画纸头的手准备抬起,又迅速放下,撇到背后,她在我的耳边说:"算你好运,不给我重新画,我就跟你单挑,在路上拦你,见你一次,拦你一次;拦你一次,打你一次。你给我记着啊。"

然后,她就蹿到自己的座位上去了。

我紧张不堪的神经立即松懈。我抬脚准备回自己的座位。老师尖厉的声音已经进了门:"你干什么,还不快回自己的座位,上课!"

讲到这里,我也决定卖关子。我低头喝茶。茶变得温温的,甚至凉凉的。

日西斜,气温在下降。

安芬说,没了么?

我说,你觉得呢?

"当然没完,这点事哪能叫故事啊!你后来挨打了吗?"

我把茶喝得见底了。我把杯子举起来,在残阳下照了照。杯子不透明,是搪瓷的。用搪瓷杯子的茶座的确很少啊,这个有些稀奇。我就自言自语说:"用搪瓷杯子的茶座的确很少啊,这个有些稀奇。"安芬说,这里用搪瓷杯子也是有故事的。我说有什么故事啊,说来听听。安芬咯咯咯地得意地笑:"当然要讲,我随便讲一个,怕就让你没有信心讲下去了。我的故事像这藤香茶,你的,至多是这个茶的沫子。"

"你别小瞧我。"我说,"我旅途劳累,现在又饿了。我要去餐厅吃点东西,然后接着讲。"

提到吃东西,安芬竟然来劲儿了,起身说,"今晚,咱们吃点好的,接着聊。"

(三)

吃完饭重新回到三楼楼顶,这个半露天的楼顶茶座已经不营业了。茶具,假花,简单的茶水单,都撤去,剩下孤零零的一些石头桌椅,光光地呆在那里。空气中更多了一些寒气。

"亚布力思平均海拔有1700多米。高的地方超过3000米,最低的地方大概也有400多米吧,当然不包括湖底,和山下的空洞。"安芬说,"所以有些地方算是高原,有些高原的气候特征,白天暖和,夜间很冷,温差极大。这个度假村算是在半山腰间吧,差不多是平均海拔的高度,昼夜温差还是很大的。"

我们选择一个看起来避风的地方坐下来。安芬先讲解了一点关于亚布力思的气候特征的常识,还讲了一段我们所在的度假村的历史。说这个度假村,其实从前就是县里的一个招待所,得益于地形复杂,对面有可以滑雪的山坡,风光不错,才没有在国有经营的惨淡中荒芜。一个做藤香茶品牌的广告公司老板趁着国有改革，买下来。他当然不傻，不是看中这些破房子，而是看中这里的自然条件，有后续发展潜力，他先把招待所的名字改成滑雪度假村，然后做了庞大的开发建设规划。只是广告公司老板名气大，钱包小，干不动这么大的规划，如今正在南方到处游说大企业来投资呢。

投资啊开发啊这些事，我一向知之甚少，而且极没有关心的兴趣。安芬喋喋不休地说着亚布力思的规划和未来，我只听了三五分钟就走神了。亚布力思已经沉在黑暗中，四周看不到什么光亮，比死还要沉静。而且，空气的确越来越冷，越来越冷。

我靠安芬若有若无的体温，坚持着我们露天的消磨。石桌子隔开我们的距离，最多也就是一米。

亚布力思的月亮出来了，很冷澈，很矜持，宛如贵族女士的脸。再重复提醒一下，这个夜晚，我在亚布力思滑雪场度假村破旧的副楼楼顶，与安芬面对面坐在石头椅子上。她先是使劲说服我讲自己的初恋故事。她从看到我不久，就重复说她有这个癖好，就像一只勤劳的蚂蚁，不辞辛劳地收藏食物屑子，好像要用这些芝麻啊米粒啊垒成一个食物窝，供不可知的未来生存取用。

"就像要用许多碎零零的初恋啊失恋啊垒成一个故事窝。"她这样描述自己的癖好。

现在，她又沉浸在亚布力思的开发前景之中。我不感兴趣，先前也不想讲自己的初恋故事什么的，但比起来，讲故事毕竟有趣得多。比起什么开发啊这些商人的玩意儿，我现在宁可回到下午的话题中去。

安芬不安分地坐在石头椅子上,摇晃着她的身子。椅子是坚固而冰冷的,她却是鲜活而暖和的。我能感到她呼出的热浪,一波接一波地向我涌荡过来。不过在这可以用身体感受来估算,起码零下二十度的亚布力思的初冬,坐在三楼楼顶上,安芬那点热量大概传递不到我的身上,早被寒气吞噬干净了。我相信自己就要结成冰了。我不知道如果真的要等到她说完开发,再讲完一个故事,哪怕人生经历中的一小段,我的屁股会不会与凳子冰结到一起!于是我只能不断起身,甚至在安芬周围小跑两圈,然后再坐下来一会儿。我很想跟安芬说,我们换个地方,暖和点的,比如,比如我的,或你的房间,有暖气,泡一杯茶,哪怕就是袋装的那种劣质的立顿,只要有温度就行。可是,我们才认识半天,没有任何两性的念头也不等于可以直截了当地进入彼此的房间说什么故事。可是,寒冷尽管严厉,你也不会去想到结束跟她的交谈。安芬就是这样一个人,你面对她,一点也不会厌烦她想要你倾吐的任何要求。但是寒冷,那个寒冷啊,催促我更想立即离开屋顶平台。

"我的南方小生啊。"安芬呵呵地笑起来,牙齿在冷空气中有十分的白度,也有十分的坚硬度,她用一句称谓结束了开发话题,谢天谢地。她笑起来也许像藤原纪香,也许像黑白老画册上的刘晓庆,或者那个许晴。有一些女人的嘴天生是为笑长的,她们笑起来,牙齿,唇线,米窝,腮,把笑分解到每一个相关的部位,组合得又是那么美,而且绝大多数男人会喜欢。"我的南方小男生啊,你就那么一丁点能量吗,啊?"安芬重复说这句话,让我从对笑的沉湎中回过神来。安芬对我这样称呼,我一点不奇怪,但是我惊喜。安芬这样的女人,说出什么样的话大概我都不会奇怪,就都只能惊喜。尽管我们见面还不到十小时。

安芬说到南方,提醒我作为南方人的确是不耐寒的。我知道北方佬有多么耐寒。不知道有多少俄罗斯人就喜欢冬泳来着,有个黑龙江人,还有个内蒙汉子,还把自己故意埋在冰桶里超过两个小时,挑战人体耐寒极限呢。记不得哪一年冬天,大家热传的一组另类婚纱照,一对北方新人赤身躺在雪地上浪漫。赤身啊,我们画油画也从来没有过这样华美的构思啊。洁白的裸体,在洁白的雪中打滚,雪把人体洗得那么干净,而人体又因为寒冷而变得更鲜活,肌肤层透出娇艳的红色来。可我看这些报道的时候,真的觉得自己感冒了,四周的空气仿佛骤然冻结,我不知道自己打了多少喷嚏,因这些图片而慌忙加一件衣服啊。安芬的家乡是我早些时候知道的。——在滑雪度假村主楼大厅的总台前,帮助我办完登记手续后,安芬转身走了。安芬走路大概比我快半个节拍,她向大厅另一侧的电梯走过去。我跟着她小跑,转身的一瞬间,我看见脚下地上有身份证。

安芬。我拾起来,边追赶她边大声地读身份证的名字。

走到电梯口的安芬站住,转身看我。我举着这张身份证,拖着行李快步追上去。走到她面前,还给她的一瞬间,我又瞥了一眼身份证上的住址。

"亚布林山啊,什么地方啊?"在电梯里,我随口问。

安芬撇撇嘴角,笑起来,说:"南边,精确距离一百七十七公里。不过这可是直线距离哦。陆地上,不知道,应该有双倍远吧。"

即便按照安芬说的双倍远,向南,也就四百公里不到啊,跨不了一个省的南北距离。气候特征一定是相差无几的。

亚布力思,冬天的最低气温在零下四十多度。对几千公里之外的南方人来说,亚布力思,亚布林山,就是一回事啊,在地图上就在一个点点之内。所以,安芬当然耐寒了。我只能在她面前做没有能量的南方小男人啦。

"北方大姐,你别在这个时候逼着我讲故事啊。"现在我跺着脚,转到她背后。既然她叫我南方小男生,我就叫她北方大姐,呵呵。这时,每讲一句话,我感到呼吸都是困难的。

"我也没有绑架你啊。"北方大姐在耸她的肩膀,还张开她的双臂,看起来是做了一个西方式的无奈手势。

"这样你讲不讲?"她忽然站起来,转身抱着我。隔着厚厚的衣服,我感到我们像两个坚硬的门板一样,贴在一起,发出哐啷一声碰撞声。我的浑身早已麻木,隔着冬天和彼此厚厚的羽绒服,我一点也没有产生什么特别感。只是这一刻,我的脸上开始有回温。月光下安芬的脸虽然很近,但还是有些模糊。或许是太近,反而模糊吧。但是,这样的距离,足够向我的脸传递一些温度。

"你快讲,下午的故事还有多长,一部短篇、中篇,或者是俄罗斯人的长篇,一朵花的摇摆,磕磕巴巴说上五千字?别冻死在我怀里。"说完开发度假村话题的安芬,再次回到一个故事狂的角色。因贴我太近,她的声音的温度,没有经过太多寒冷路程的过滤消耗,热热地传进我的耳鼓。"而且,不许叫我什么北方大姐,忒难听啊。"

"南方小男生更难听啊!"我开始变得别扭。我扭着身体,可安芬把我抱得很紧,以至于我如同上了紧箍子的木桶。

"好吧,我叫你南方蚊子,南方不是蚊子多么,嗡嗡地叫着,飞着,嗨,南方蚊子,南方小蚊子,唧唧歪歪的小蚊子!"安芬嘿嘿地笑起来,似乎发现美洲大陆般地说,"南方蚊子,啊呀,好牛仔,还有点美国味道,南北战争,你来自南方,一身戎装,黑色的,老式的轰炸机,哈哈。"

她被自己的话彻底逗乐了。女人要靠讲话才会兴奋。讲着讲着,女人会被自己的情绪感染。我上美院那会儿,油画系的主任是一个孤僻的老头儿,但是他有一种方法,让写生课上得与众不同。安芬闹着要听故事,也许我可以把这个故事讲给她听。

"可是,我不想听你上课的故事,尤其是什么糟老头主任,哼哼,还有什么人体写生,无聊。那里面有爱情吗?有你的初恋吗?跟你的小学同学马力有关系吗?"

"没有。"我老实说,"的确没有,只是一种特殊的课堂罢了。"

"那就别讲,我要的不是这种故事。除非你把它编成爱情的那种。"安芬慢慢地松开拥住我的胳膊。她说,"如果刚刚我再加点劲,然后突然松开,你今天就要大出洋相。"

我重新在安芬周围溜达起来,以消除自己可能被冻僵的忧虑。我说我不明白啊,出什么大洋相啊?

"你这人,难道没有学过一点物理知识?是怎么上的大学呢?"安芬说,"我饶你今天,不讲就算了。明天你必须狠狠讲剩下的故事。我先讲一个,让你知道为什么会出丑吧,南方小蚊子。"

"不许叫我蚊子。"我好不容易抬起胳膊,做了一个扬手拍打的动作。

"好的,南方小蚊子。"安芬不理会我的动作,说,"你嫌这个称呼不好听,我就依你。你叫我姐姐吧,下午说过的,我是你的姐姐,在你五六岁的时候,你还是一个抱着大人大腿要糖吃的宝宝,我已经迈着勾人目光的长腿,出走了。因为我开始发育,进入青春期,我受伤了,但是我也许还不懂得受伤。我看够了母亲变形的脸,受够了她自以为美丽的丑,看够了亚布林山城市的那些灰蒙蒙的房子,白桦,枫树,针叶松,环形的路,布满坑坑洼洼。我怕自己丢掉一些好梦,好梦总是在不熟悉的远方啊。我要出走了,到远方去。我读了一个诗人的句子,说,到远方去,让我们手拉手。于是我就跑掉了,从唯一的亲人,我那个被烫伤脸的曾经是大美人的母亲身边,彻底走失了。而若干年后,你呢?你觉得有个人在那里等你,你就老是想出去,想在一个没有别人干预你心思的角落,在那里画那个人的肖像,贴在墙上,偷偷地亲她的脸。你的身体加速发育,唇上有了小胡须,扎得自己痒痒的。有一天醒来的时候,你突然发现自己尿床了。你想把自己的内裤隐匿起来,这时你发现不是尿床那回事,你的心哐当一下跳起来。你吓傻了,像一个小公鸡,突然发现自己的冠子变得紫红紫红的,于是想仰起头,又觉得太耀眼;想低下头,又怕别人发觉不了那紫红,纠结啊纠结。"

"真有想象力啊,姐姐。"我又被她逗乐了。不过我心里真的乐于接受她的假设,有什么坏处呢,至少今天的事情,她的帮助和我的跟吃跟住,变得理所当然。我把这个意思说出来,为自己目前的窘境做一些解嘲。安芬回答说:"弟啊,弟弟啊,我可是有条件的。哪一天我们谈话的趣味丧失,我就会切断你的食物链,哈哈。"说完,她问:"亚布力思的意思你懂吗?"

安芬的思维常跳跃着,我摇摇头。我仍然在想姐姐弟弟这样的称谓。但我更害怕追究亚布力思的地理话题,会使安芬兜圈子回到那些关于度假村开发的宏图里去。

"到一个地方之前你应该先做功课。"安芬不理会我对什么称谓的计较,她把手朝腰间一卡,像我童年小镇上的小学英语教师,骄傲而又严厉。她只顺着自己的思路说话,她似乎一定要我弄懂,我们在的地方究竟是什么地方。

"亚布力思是纯洁的意思,这里的土著语言,这种语言当然早就进入博物馆啦。相传远古南方有两个青年男女,自由恋爱,犯了族群由族长指婚的规矩,两人就逃跑到这个荒凉寒冷的地方。他们又饿又冷,相互依偎着站着取暖。到了半夜,姑娘哭了起来,说自己被冻僵了,动弹不了了。小伙子急了,就使劲抱住她。结果,你猜,怎么了?"安芬急切地讲述,她当然不会等我去猜,马上说道,"妈呀,他们用劲太大,冻成冰块一样的衣服,被挤压破裂成碎片,哗一下掉了一地。两个人都呆住了,不是因为衣服,而是因为姑娘一丝不挂地站在了一堆衣服碎片里。"

"啊呀,"我说,"这也太夸张太俗套了吧。"

"你不懂啊,这一点也不夸张的,就是这样啊,不信你冻僵之后试试。不穿衣服就俗套?一个画画儿的,说不穿衣服就俗套才是真的俗套呢。那你讲一个衣冠整齐的不俗套故事我听听?"

又来了又来了。我赶紧说:"还是你先把这个讲完,我们赶紧回房间吧。我可不想衣服被挤碎。而且,我坐了半天飞机,又转车几个小时,真的很疲劳。"

安芬还是呵呵地笑两声,并在收声之际,快速变了一个表情,白了我一眼,说:"这么好的故事,姐姐我还舍不得一下子讲完呢,结果留着你今夜失眠时解闷儿吧,猜猜,猜猜猜、猜。"

我和安芬终于达成共识,结束今天所有说完没说完的故事和话题,各自回到自己的房间。悲剧的是,可能夜太深了吧,这个破度假村居然房间里放不出热水。我在浴室里捣鼓了半天,水始终是凉的。我拨了一个电话给客房中心,好半天才有一位小姐迷迷糊糊地接我的电话。我说明房间没有热水,需要帮助。姑娘哈欠连天地问我:"先生,现在几点了?"

我立即意识到,这个时候提要求是有点过分,赶紧说抱歉抱歉,明天再求助吧,打扰了。然后我就脱掉外套,上了床。我的牙齿一直在打颤,万分寂静的房间里,牙齿磕碰的声音很炸耳。而且,我老觉得有白色的人影,在我的上方黑暗里,晃来晃去。我不禁有些害怕。联想起许多宾馆故事,什么住客杀人藏在床下,什么木地板下的碎尸体。啊呀,越想越害怕。我深钻在被窝里。为了转移自己的注意力,我决定把安芬刚才没有讲完的故事结尾,想象出来。但我觉得这个故事太过残忍,一丝不挂的少女,站在冰天雪地中自己的衣服碎片里,面对自己的情郎,这怎么可以呢,怎么办呢?也许她被冻僵了,已经成了一座冰雕了;也许她好好的,害羞地扑进男孩的怀抱;也许男孩上去拥抱她,妄想把她焐热,可用劲再次过猛,姑娘的身体也被挤成碎片;也许男孩自己也被冻僵了……也许,这样的想象也太贫了吧,就这么平庸的结尾,怎么能构成安芬所认为的那种浪漫的千古传奇呢?

(四)

早上,我一直在挣扎着醒来。这个挣扎的过程,似乎很长。我看见自己的上方,有着强烈的光亮,如同睡在一个晴天正午的天窗下,太阳热烈刺激。我对自己呼喊,可以起床了,可以起床了。可自己就是无法睁开眼睛。后来,头脑里"轰"一声,宛如爆炸般地震响,接着是剧烈的摇荡,好像一个人推着我狂奔,而我似乎是睡在一个轮子不规则的婴儿推车里,车子在一个下坡失控,一路颠簸着向前,冲进一片黑暗中。我听见自己尖叫一声,然后就醒来了。

我头疼欲裂。缓了好一会儿,疼痛渐渐消退后,我才睁开眼睛。屋子里并不大亮,只是床头的台灯散发着昏黄的灯光。我记得睡觉前是关了灯的,怎么醒来灯是开着的呢?哦,也许是夜里起来上过厕所吧,我想。一切还是睡觉前的样子,我的牛仔裤胡乱地扔在窗帘前的椅子上,外套则是盖在被子上。毛衣穿在身上,想必是因为太冷,没有舍得脱掉吧。地震看起来肯定没有发生,一切醒来前的幻觉动荡,只是我身体不适的反应吧。看来,我挨冻得不轻。不光是身体抖,脑子可能也抖了一夜。我必须让他们来修浴室,没有一个热水澡,不生病才怪呢。

电话搁下去片刻,就有人敲门。我开了门,一位穿着蓝色工作装的中年男人来修浴室。他进盥洗间拧了拧热水龙头,马上就跳起来说:"烫死我了。烫死我哦,这不是好好的吗!"我将信将疑地进去,一试,果然水很烫。连忙说谢谢,谢谢。修理工白了我一眼,示意在他出示的单子上签个名。完了,就气哼哼地走了。

挨冻了这一夜,现在有了热水,的确是件很开心的事。我连忙放水,把自己泡进去。十分钟后,我的身心才感到了一些暖意。热浪从浴缸涌向天花板,反弹,散开,不断弥漫、补充到浴室小小的空间,使得这个空间很快变成一个迷蒙的世界。这是我喜欢的情景,它带给我安全而泛滥思绪的条件。我直接就想到了安芬,也不知道她这一夜可曾睡好?如果不是因为浴室坏了,而是因半夜停水,她也许就像我这样瑟缩了一夜,然后梦见地震,甚至冰山崩裂,然后自己被冰雪压住,动弹不了,高呼救命,然后醒来。然后,就泡上热水澡。然后就想象我怎样挨冻和做地震噩梦的吧。想到这里,我竟然忍不住笑起来。要想听故事是要付出代价的,以后她再也不敢把我拖在零下几十度的楼顶上,追星问月地要我的初恋了吧,哈哈。

正这样胡思乱想,电话铃响了,还真是安芬,问:"起床了吧?"我说泡澡呢。她说:"哈,我都泡完澡吃了早饭开车出来三十多公里啦。"

"你去哪里啊?"我赶忙问,"现在几点啊?"

"我要出去办点事,也许傍晚能赶回来。"她在电话里哈哈地笑着,"你一个人在度假村可要乖一点啊,好好地梳理一下昨天没讲完的故事……"接着是手机信号断断续续最后中断的声音。我挂了电话,从浴缸里爬起来,在衣服口袋里找到自己的卡西欧电子表,一看时间,竟然是 12 点 17 分。该去吃午饭了。正准备穿衣出门,电话又响起来,一定是安芬重新打回来的。我赶紧去床头接了电话。安芬说:"我的话还没说完呢,山区信号太差了。"

安芬接着说:"昨晚我受凉了,你听不出我的声音都沙了吗?"

"受凉还出远门、还开车呀,赶紧回度假村休息啊。"我说,"不过,你不是吹自己北方人,耐冻吗?"

"早上起来可痛苦啦,头疼得要爆炸。"她不理会我的调侃,自顾说,"感觉醒啊醒啊,醒了有一个小时,还是醒不来。我一直在做一个噩梦,梦见自己被一个雪崩后的冰山压住了,刺骨寒冷,翻不了身,大叫救命。你却像个冰人一样,毫无表情地站在远处,气死姐啦。气着气着,就气醒了,好不容易爬起来,泡了个热水澡,才恢复了一点活气息……"

安芬的话吓了我一跳,想不到她的晨起如我想象的一样。挨冻后做梦,看来不过也就如此吧。安芬在电话那头说:"把昨天马力的故事讲完,我开车困乏呢,精彩的可以提神啊。"

我说好的,就重新回到浴缸,躺下来。在暖融融的水中浸泡着,我说,"不一定精彩,只不过是一点少年琐碎罢了。"

"你可以加工,时间拉开的距离,足以提供你加工的空间。"她用蛊惑的语气说。电话的声音变得特别清晰,仿佛她就在我的身边,就在我的耳边。我拧开热水龙头,在蒸腾的热水气雾中,回到了小镇,大桥,田野,孤独的小学大院……每天,我在那里来来回回,呼吸潮湿温暖的空气。春夏的阳光经常是晃眼的,田野里飘散着一点腐朽,一点生机,一点野性的气味。马力走在我的前面,她有时候把辫子梳成粗而长的一根;有时候则是三五个七八个小辫子,长短不一,每根上都系上不同颜色不同花纹的小布花。夏天就把辫子盘在头上,并在盘旋中打一些花结。她的后脑勺是我每天上学放学路上的景点。有时候,她会回过头来,看看我,我就紧张地站住,耳边响起她那誓言般的话:

"算你好运,不给我重新画,我就跟你单挑,在路上拦你,见你一次,拦你一次;拦你一次,打你一次。"

我那时已经习惯跟着她,保持一段距离地跟着她。就这样跟了几年,几年里,马力无数次地回头看看我,我无数次地站住,紧张地听自己的心跳。她从来没有回过头来追我,拦住我,真的打我一顿。在空旷的秋冬,在丛密的春夏,我们这样走着走着,把自己越走越高。我变得异常敏感,对她身上的每一点变化都记在心里。我甚至清楚地看到,她光洁的后颈子开始出现细小的斑斑点点,后来有三颗在它们中出类拔萃地长大,而且排列成一条斜线,向着右脸颊的方向指去。这些斑点的颜色在加深,渐渐显露出黑痣的山水。

讲到这里,我忽然感到听筒里似乎没有一点声息。我赶忙把追忆停下来,说,"喂喂,姐你在听吗?"话筒那头,安芬轻轻地笑了一下,说,"我在听啊,忘记时间忘记开车了啊!"

"开车呀,可要小心。"我提醒她,并重申自己不会编故事的,对,不会她所说的"加工",只会从记忆里原样扒拉出那些琐碎来。

"很好啊,诚实的好孩子。"安芬似乎很满意我的叙说,"很有意思的往事啊,让我忘记眼前,继续继续啊。"

我继续讲述:

就这样不知不觉,就到了小学毕业那一年。我发现自己像一个跟屁虫一样,跟了马力整整三年,三年没有敢越雷池一步。三年,我看着马力在长高,看到她的身体有了变化。她的步子变得越来越轻盈,越来越细碎,完全不像更小时候那样,噌噌噌地大步前迈。她穿的每一件衣服,我都留意到。她特别喜欢碎花布,春天是淡绿色的碎花夹带一些淡黄色的点点,夏天是红色的碎花夹带一些淡蓝的点点,秋天则是青色的碎花,夹带紫色的点点。她至少这三个季节是碎花的,它们是裙子,绣着荷叶边,有些地方用线绣着图案。有时候还有质地偏软的牛仔布裙子,上面所有的图案都是用明线绣的,那些图案的线条生动活泼,在布面布褶里游走着,牵动着马力的每一个姿态。

小学毕业考试来临之前,我决定帮马力重新画一张肖像。我牺牲了一个晚上的考前复习时间,画了一个扭头看我的背影,周身有几重阳光的晕圈,最里一层是黄色的,第二层是褐色的,第三层是大红大蓝混杂的碎片,像一个磁场一样沿着马力盘绕。再外围是无数蜜蜂,它们都长着彩色翅膀,振翅飞翔着,向着马力的方位。蜜蜂的外围布满了夸大了的菜花和缩小了的葵花,花间填满了玉米金色的紫色的胡子。整个画面的中心,是马力扭向我的脑袋,半个脸庞,一双我无法知解的眼睛。这双眼睛我画了又改,改了又画。直到它流出来的目光意味连我自己都完全费解为止。我把这张八开大小的蜡笔画叠成一个小方块,放在裤兜里。我对三年不变地跟着她产生了强烈的腻味。我希望她在小学毕业前的最后几天中的某一刻,突然改变主意,朝着我反冲过来,兑现一下几年前单挑的誓言。那么我可以不用落荒而逃,而是临危不惧地屹立在那里,迎接她的到来。我要在她冲到我面前的一瞬间,掏出这张画,展开,我一定渴望看到,非常清楚地看到,这张三年后重新画出来的画,会激起她怎样的反应。

"你如愿了吗?"安芬问。我把身子往水里埋了埋,长长地吐了一口气。我说:"考试很快结束了,小学很快结束了,漫长的暑假来临了。这个假期一结束,我们可能会各奔东西,按照考试的成绩,分流到县里不同层次的几所中学去。"

那个暑假真的漫长啊。我想我可能永远见不到马力了。

镇上都在传说,她要到上海,要去她爸爸那里上中学。她的爸爸跟第二个妻子分了,想跟前妻复婚,并把女儿带到上海去。我突然变得十分焦躁,口袋里的画儿也许会烂在口袋里,难道在变成纸屑之前都无法见到它的主人?我想去她家的服装店看看,那家小店已经变成镇上最大的商场,有着整整一层的规模了。我没有勇气踏进那里,说实话,我从来没有正面遇见过她的妈妈,那个镇上著名的女强人。我无法想象自己站在那个女人面前会是怎样的。"你买衣服吗,小毛头?"她一定会这样问,然后拿炯炯的眼睛盯住我,把我的那一点小心思的屏障,顷刻破解开来。我根本无法通过她,去见到她的女儿啊。我只是在一些夜晚打烊后,对着阴暗的玻璃橱窗望了又望。

马力当然不会在那里。商场后面有一个小院,就是她的家,围墙上爬满蔷薇,还有一丛丛带刺的玫瑰和月季。我设想过把这张画从围墙外扔进去,但是后面的情形在我的想象中一定是,她的妈妈,那个染着褐色头发的暴躁女人,会咆哮着穿着花睡衣,从里面奔出来,把我提小鸡一样提在半空。

一个下午没有一丝风。空气像一堵墙一样堵住我的胸口。我漫无目的地沿着小镇向西,再向西,走到了大桥,走进了田野,走到了那条走了六年的路。玉米地像一块正在升温的巨大铁板一样,摆在大地上。走进去,我有些眩晕。各种昆虫,在蝉的带领下,一个劲刻板地鼓噪。通向小学的那条路,因放假少有人踩,长满了新的杂草,高高低低,末端开着碎零零的小花。玉米墙坚实夹拥,西斜的太阳,投射进千片万片的金斑,落在小花上、杂草间。随着花草的轻微摆动,这些光斑就跳跃着。这条路就这样有些曼妙,有些诡异。我走了进去。大概走了快二百米,呆住了,因为马力突然出现在我的视线里。我都不知道她怎么突然出现的,我看到她时,她已经距离我很近了,她在我的前方,好像是从学校方向过来的,距离我只有二三十步的样子吧。

马力穿着一件暖色调的、细碎花瓣图案的裙子,无袖连衣,逆着光看过去,跟我画中一样,真的有些光晕环绕在她的周身。她的身体有许多节奏,随着双臂的摆动和脚步的细迈,那身体表现出来的柔软,是以前我没有发觉的。我的心跳旋即加快。空气突然变得紧张了,蝉们拼命加大了鼓噪的音量。我愣在原地,不知如何是好。我看见马力冲我笑了一下,甚至没来得及让我准确鉴定那笑的含义,她拔腿就跑了起来,向着我的方向。

我把酝酿了多少天的临危不惧,抛得一干二净,掉头就逃跑。

一股夹带着旷野气息的暖风,排浪般地推上了我的后背。然后,这股浪就淹没了我,使我漂浮起来,又落下去。我仰面的一瞬间,只看到天空蓝得几乎是不真实的,阳光在几片白云的一侧,勾起了金色的边缘。很快,我的视线就被马力的身影切断。我的后脑勺砸在松软的路面上,我的周身生长着杂乱的草和鲜艳的野花。在我的身子埋进这些花草的一刻,泥土的腥香与花草的清香腾腾翻滚。一股更强烈的异香,很快压下来,与这些香味搅合在一起。马力就在我的身上了,她压到了我的身上。对,她终于在三年后的这一天,追到了我,把我放倒,并且骑到了我的身上。

我们僵持了一会儿,她用双手压住我的胳膊,双腿锁住我的身子,以制止我翻身的企图。她的脸在我的上方,还是那样笑着,有些洋洋得意。

"我看你往哪里逃,嗨嗨!"她说,"我说过要单挑你,让你丑化我,让你丑化我……"

我扭动身子,并试图把腿脚抬起来踢她的后背,可它们不争气地到空中划拉了几下,就颓然地掉在地上。

"哈哈,哈。"她尖声笑起来,脸上的汗珠随着笑的抖动,滴滴答答掉下来。"你跑不掉的,你还是老老实实,给我待着,当我的马呀,哈哈。"

汗,那是马力的汗,有一粒掉在我的脸上,有一粒甚至掉在我的嘴里,有一丝咸的味道,穿越进我的体内。我说,你放了我,让我起来说话。马力不屑一顾说:"放了你,好啊,那是有条件的,难道你忘了吗?"

"不就是把你画好看吗,重新画好看吗?"

"知道啊,没有得健忘症啊你?"马力把我压得更紧了。但是她的话提醒了我,我的裤兜里那张肖像,不正是在等待她,等待今天吗。我赶紧说:"我就是给你送新画的画儿来的。"

马力当然不会相信,她又笑起来,说:"撒谎也不分时候,挨打才撒谎啊。你是孙悟空啊,能变出画来?"

我说:"就在我裤兜里。"

马力狐疑地盯着我,说拿出来我看看,撒谎的话我今天可饶不了你。我说你压着我我怎么拿。马力尖叫着说:"左裤兜还是右裤兜?"我说,右裤兜。马力就放开了我的右胳膊。我把手伸进右裤兜,可是我伸进一点点就被阻隔住了。我说你还是压住我了。马力就把屁股和腿往后挪了一点。我终于拿到那张画了,它在身体的挤压中变得温暖而潮湿。马力看到纸团,就解放了我的另一只胳膊。我就在胸前解开那张画,然后把画的正面对着她展开。

"果然是画啊,真是我吗,你画的真是我吗?"

她哼哼了几句,就专心致志地看起来,拧着脑袋,一遍一遍地打量。直到我举起的胳膊有些酸了,马力没有动,也不再吱声。我有点慌了,也许她更不满意了吧,会不会我马上会迎来一场"雨点拳"。于是,我放下胳膊,我想看看马力的表情。

阳光都西斜成红色了。透过玉米林的斑驳,真的把眼前的景象,尤其是我身上的少女马力,点染成了色彩斑斓的一幅画。我看到的是马力的下巴,她正翘望着天空。沿着她脑袋倾斜的角度看去,天空中什么也没有,只是那无边的蓝里已经掺和进一些晕红。我看到了少女马力紧绷着骄傲的脖子,下巴轮廓在逆光中有一些细小的绒毛。我看到了她裙衣上一条条精致的褶皱,这些褶皱像荡漾着的水纹,向着胸脯的中间汇拢,使它们形成两个小小的鼓丘。我忽然感到大地从我的后背,向上传导进许多热量。这些热量撞进我的身体,很快把我膨化着,我感到自己的身体就要爆开。一种危险而又兴奋的信号呼啸着上升。一阵恐惧而又不可自制的反应快要把我的身体弹出去了。我本能地伸出胳膊,紧紧地抱住了我身上的人。

马力低下头,看看我的胳膊,然后目光惊异而又不安地落在我的脸上。她的脸立即变得透红,迟疑地待在她脸上的汗珠们,顷刻跌落下来,在我的脸上,脖子上,噼噼啪啪地开着小花。就在这一刻,我第一次真切地看清了马力的脸,看到它的晶莹,看到一些生动的雀斑,围绕在小巧精致的鼻翼的四周。看到她薄而扁长的嘴唇,微微张开透露的一点牙齿的光亮。她的睫毛颤抖了几下,然后像鸟振翅一样,停滞在飞动与驻足之间。她的眼睛看上去很空洞,然而目光里涌动出许多许多东西来,它们那么亮,在睫毛的震动中闪烁个不停。我觉得那些亮东西很快会飞出来。这时马力扭动着身子,很轻,很犹豫,仿佛要从我的臂弯中挣脱,又留恋万分地抓住我的身子。田埂摇晃起来,玉米地里有了微风,那些风吹到我和马力之间的时候,我忽然感觉自己真的飞起来了,我的身子没有了重力感,只剩下温度。我感到自己的身下灼热磅礴。

我惊呆了。我惊呆在自己的这种新奇的身体反应里。马力似乎意识到什么,慌张地站起来,从我的身上站起来。她看看自己的身体,不断地弯腰、转身,并用手扯着裙角,像要从身上寻找什么,然后想把它驱赶出来似的。最后,从我身上拾起那张肖像画,看了我两眼,就拔腿跑掉了。等我爬起来的时候,她已经从玉米地的田埂上彻底消失了。空气中残留着她的气味,以及浓烈的青草的腥香。

我在原地兜着圈子,玉米地哗哗地唱得正欢,在黄昏的协助下,仿佛要开一场晚会。我送出了这张画,可是我今天仅仅是送出了一张画吗?我的小学结束了,我的田埂上的跟踪结束了,我感到有更多的东西结束了。我在这里画了一道杠,在我的身体里画了一道杠。这道杠把我与从前生生地劈开了。我的心上有一道锋利的口子,通过身体向外流着汩汩的新鲜的液体。

(五)

"那时究竟什么感受呢?"

在我认为讲完了这个故事之后,我们在电话里慢慢地听了一会儿电流声。安芬好像意犹未尽,就这样问我。我说,许多词也许人类还没有发明出,尤其是针对人类自身感受的词,那里面过于精细复杂、浩瀚博大。人类自我之外是宇宙,之内是什么呢?反正我觉得人类是世界、肉体自身和精神的中间体。望不尽之外的宇宙,也就描述不尽自身之内的实质。

安芬被我的话绕得有些懵懂,她哈哈地笑起来,说:"我不跟你要为什么了。但这个故事结束了吗?"

"基本上结束了。不结束我就要饿死了。"我的肚子的确很空了,我还躺在浴缸里。里面的水早就凉了。我打着喷嚏爬起来,浑身有些神经质地颤抖。

"该死该死。"安芬在那头骂自己,说,"都怪我贪心,使劲挖你,看起来没有看走眼,你真的不一般,即便是编造故事,这样的故事也得出自高手。"接着她吩咐我赶紧吃饭,然后告诉我,下山离度假村十几公里外,有一个小镇,那里有公安派出所,可以去登记一下丢失的行李和身份证。

我想了一下,说:"还是等你回来陪我去吧,离开你我现在真是寸步难行的。"

整个夜晚我一直待在床上胡思乱想,安芬始终没有出现。后来我就睡着了。什么梦都没有出现,更没有地震啊摇晃啊金色太阳在头上方晃眼啊什么的。但是到了下半夜,我开始耳鸣,像有一台巨大的挖掘机,在屋子的上方碾来碾去。我用被子捂住耳朵,轰鸣声只是变得更浑厚,却丝毫没有减弱。后来我就使劲抓住床沿,使劲,再使劲,几乎要把复合木捏碎了。我筋疲力尽,出了一身汗,才在迷迷糊糊中睡着了。早晨很顺利地醒来。可是我睁开眼睛的一刹那,发现安芬竟然坐在我的床头,笑盈盈地望着我。我吓了一跳,我说怎么会这样,你怎么会在这里。安芬站起来,把背在身后的手调到前面来。她的手中抓着一只粉红色的饭盒。"我为你买早饭呢,我一大早开车到亚布镇,那里有一个早点老店,上百年历史的,有各种稀罕的点心,这些点心会大开你的眼界,原料,形状,口味,没有一个是我们凭空可以想象得出来的。"她把饭盒举到我头的上方,命令我起床。

我坐起来。安芬把饭盒送到窗户下的小圆桌上,并顺手为我把窗户拉开一条缝。一股清凉的冷空气立即进入房间。

"你夜里呕吐了,刚才我已经给你清洗过地板了。"她过来扳扳我的额头,说,"受凉了,还是吃了不卫生的食物?昨晚吃什么了,我不过离开一天,这才。"

她的说话语气,像个妻子。可是我不记得我呕吐过,只记得耳鸣、头痛,使劲地抓住床沿的复合木。但我相信我会呕吐,夜里绝对是很难受的啊。

"可是,你怎么能进我的房间的呢?"我感到心有余悸。

"什么你的房间啊,这是我的房间。"安芬站在我的床头,用双手不断向后捋自己的头发。安芬的头发是深褐色的,顺直而鲜亮,两侧长度不对称,左侧至肩,从左侧斜向右侧越来越短。这样看她,往往左右看过去,常常产生不是同一个人的错觉。左侧的脖子包括脸颊的大部分,都藏在头发里,陌生,神秘,妖媚。而右侧显得明朗而又直观,率直,性感,清亮。我几次想询问这种发型创意的来源,是安芬本人的奇想,还是什么二流子发型师的古怪创意,但我始终没有问得出口。"我的身份证登记的,我埋单的,两个房间的主人都是安芬啊,我想进就能进的,小弟。"

"是吗?我没有人身权利了,真成了你的奴隶啦。"

"不是吗?"安芬为我倒了一杯温开水,说,"起床前先喝杯温开水,还是美女送到唇边的,多么科学,多么享受啊,世上有这么快活的奴隶吗!"

我接杯子的当儿,发现我们彼此不同的手型。安芬的手薄长,白皙,骨感,干净利落。而我的手有些厚、短、软,色泽灰暗。我说:"姐啊,你的手很好看啊。"

"就是嘛,什么东西长我身上,不好看也好看了。"安芬摇头晃脑地说。我喝完了那杯水,对她说:"要是你深更半夜进来,没准把我当场吓死。求你下次敲敲门啊。"

安芬替我接过空杯子,在我的床边坐下来,说:"我原来是好奇心驱使着难受,凌晨睁开眼睛就在想,你昨天说的小时候的事。"她把杯子放下,然后拿起另外一个枕头,垫在我的背上,并把那盒点心递过来,说,"你一定饿坏了吧,吐过之后胃腾空了吧,现在好受没有,有没有胃口?"

"有胃口,饿了。"

"饿就说明好了。"安芬示意我吃那些奇形怪状的点心。她指示一只六角形的淡绿色的饼子,说:"你看,这就是用藤香茶水调制出的饼子,有一股清凉的味道,它可以醒你的神。"

我说我的神本来就是醒的。

饼子的确有股清凉的味道,甚至有点麻刺刺地停留在味蕾上。安芬把双肘支在我的被子上,撑着她的脸,嘴唇半张半合着,在等待我对食物的评价了。于是我就边吃边说:"这个是麻麻的,像小时候吃的薄荷糖;这个嘛,有点酸,有点涩,像发酵过的果子,也许,嗯,一些葡萄酒就是这样的味道吧,而且是那种有点变质了的葡萄酒吧;还有,这个啊,有点甜,有点腥,有些像胶质的,像什么呢,说起来很难准确,应该像虾酱,但不像……"

"像你昨天故事的结尾。"安芬嘻嘻地笑起来,见我一脸茫然,就说,"像男孩子第一次遗精吧!"

我差点被食物噎住,忍不住咳嗽起来。安芬赶紧揉我的后背。我说:"我可不是食物呛的,我被你的话呛的。"

不光被这话呛住,我的脸还被呛得火烧一样。我放下饭盒,又喝了一口安芬递过来的水。我说,我在你面前,不光是个求助者,还是个奴隶;不光是个奴隶,还是一个病人,一个身体和精神都有病的人。安芬白了我一眼,说:"这有什么不好,要是我们能颠倒过来,我保准乐滋滋地整天顺着你,想让我怎么就怎么。"

"那我就要你当我的裸体模特儿。"

"小流氓。"安芬在我的头上打了一掌,说,"占姐的便宜,真是好意思啊你。"接着又好奇地问:"你画过裸体吗?我看你长这么大,恐怕连真实的女人身体都没见过。"

"怎么可能呢,美院教学课,都有人体模特儿的。"我反驳她说。

"那个,不能算真实的。"安芬想了一下,说,"准确讲,那应该算是教学器具,就跟粉笔啊角尺啊石膏模型啊鸟兽标本啊什么的,一个道理。"

"可那是活生生的人啊,像你一样漂亮,甚至更年轻啊。"

"这些都不重要,关键她不在生活中,不在任何面对她画画儿的人的生活中。"

这个,我觉得安芬说的有几分道理。

安芬不再纠缠这个话题,又开始探讨我昨天讲的故事,她说:"我想了大半夜,觉得你真的跟许多男孩不一样,你比他们幸运。"我问这话怎么讲。安芬说:"据我所知,世界上的男孩几乎都是在一场春梦中,进入青春的。比如我的第一个男朋友,他说他第一次遗精,是在梦中,他与他的语文老师,一个中年的女人在一间幽暗的教室里,背一首唐诗:吴江女道士,头戴莲花巾,霓衣不湿雨,特异阳台云。足下远游履,凌波生素尘,寻仙向南岳,应见魏夫人。先是女老师要他背诵,接着女老师与他一起背诵,然后女老师不知怎么从哪里拿出一套电视里扮神女的那种纱衣,当着他的面换上,拉着他把李白的诗唱起来,他觉得老师的声音太好听了。老师唱完之后,把眼镜摘下来,对着他笑。这是他第一次见到老师不戴眼镜的脸,原来那么娇媚,于是就大胆地用双手抱住老师的脸,并把自己的脸贴过去……哦,一种奇异的柔情涌动着……第二天去学校,他正好在校门口遇到老师,老师从她的自行车上跳下来,过来摸摸他的头,说,谈默,这次作文你写得很棒啊,我给了你满分。对,我的第一个男朋友叫谈默,你猜,当时他怎么了?"

"不会、不会当场遗了吧。"我说完,自己忍不住笑起来。安芬则笑得浑身颤抖,捶打着我的被子,说:"你真、真他妈的脑瘫啊,一点想象力,一点情趣都没有呢你。"

"谁叫你让我猜的啊?"我说,"我就这点想象力啊。你还是别卖关子啦。"

"不行!"安芬说,"你昨天没完,一个男孩,在一个女孩身下展示她的画像,然后遗精,进入青春,这么有意思的事,怎么就一遗就结束了呢?"

安芬真能闹腾。我说,"好吧,确实没有什么故事情节发展了,我穿着湿漉漉的内裤,从田埂上往回走,穿过玉米地,走过乡村小学与小镇之间的田野、大桥,走过小镇的石板路,一二三四五六七,七六五四三二一,数着越来越昏暗的石板,回家了。然后躲在自己的小房间,脱下内裤在灯下仔细看……"

"后来呢?"

"后来我又穿上这条短裤,我觉得这东西不能给我的父母看见,更不能给妈妈去洗。于是我就穿着,一天,两天,三天。第四天,我正在小院的樟树下吃晚饭,我就着一盘咸菜两个咸鸭蛋,吃一碗玉米粒打底的米粥,我妈妈突然在我身后站住,说,你是不是几天没洗澡,怎么身上一股味儿啊?我慌忙说,没有啊,天天洗的呀,你闻到的是不是臭咸菜,要不是这个鸭蛋坏了?我拿起鸭蛋在小桌上敲敲。妈妈说,蛋臭了不要吃,咸菜香臭都不要紧,当心点。我点点头,这次就算蒙混过关了。晚上,我躲在盥洗间,自己把短裤洗了。不光短裤的味道变得酸而臊,我的胯间被这种东西腐蚀得破了好几块皮,再这样下去,走路受影响了。"

"啊呀,这么厉害?"安芬惊讶地说,"这、这有腐蚀性啊?"

"是啊,在裤裆里发酵了。"

安芬笑起来,说,"不可能不可能的,不就是一点点蛋白质嘛一点碳酸啊什么的,哪能厉害到这个程度,难不成是硫酸啊。"

"不骗你,这有什么好炫耀的呢,并不是什么光彩事啊。"我说,"我那里至今还有当年留下的伤斑呢。"

安芬站起来,说:"我得看看你,眼见为实。"

我捂紧了被子,我说不可以。安芬哈哈地笑个不停。一边来扯被子,我用劲按住被角。安芬说,你这小男生还挺封建啊。我说不是封建,这是我的主权,男女平等,我可不想在你面前走光。闹了一会儿,安芬终于放弃。她坐下来,说:"我哪里要听你这些东西,像篇生理卫生课上的发育卫生保健案例似的,告诉你,我学过医的,有一阵子对自己的身体特好奇,于是整天寻思着看两种书,一种是文学的,一种是生理的。所以,谈科学,我比你这个学艺术的小男生,懂一百倍。我想知道,你和那个马力后来还有没有故事。"

"没有啦。说过几遍了,没有啦,结束了,她走了,我回家洗内裤了。我妈妈第二天见我把内裤洗了,很惊喜,说儿子懂事了,儿子长大了,儿子自己洗衣服了。我爸在旁边斜了我一眼,说,屁!"

"屁?"

"对,屁。"

"不美好。"安芬摇摇头,说,"这个线索不行,讲马力吧。想不起来,就慢慢想,改天说也行。"

我起了床,洗漱一番,跟安芬一起下楼,准备去亚布镇的公安派出所,登记一下我丢失行李的事。安芬把她的车从楼后的小停车场开出来。这是一辆绛红色的小车,我似乎只有在老图片上见过。安芬解释说,小时候自己只见过三种轿车,苏联伏尔加汽车厂产的拉达,模仿苏式汽车的老上海,波兰产通过俄罗斯转销了少量到中国的波罗乃兹,记忆里的轿车就是这些样子的,线条简单硬朗,看上去结实耐碰。"为了复制记忆,我好不容易找到这辆波罗乃兹,改装整修费用超过两辆新捷达车。"

我十分惊喜能见证安芬对波罗乃兹汽车的热爱,至少波兰在这一刻成为我们在某一点上相同的载体。我说:"我喜欢贝克辛斯基,太好了,我喜欢波兰的贝克辛斯基。"

"贝克辛斯基是什么?汽车么?与波罗乃兹有什么关系?"安芬启动了车子,波罗乃兹在颠簸的山路上慢慢向前,离开度假村。

"贝克辛斯基是波兰最伟大的艺术大师。"我忍不住用手抚摸着汽车副驾驶前方的塑料板,它们当然是坚硬的冰冷的,但是它传达给我异样的感情。"我在美院二年级开始接触贝克辛斯基的作品,立即被它们迷住。"

"画得很美吗?还是像波罗乃兹这样,能够唤起某种记忆?"

"当然不是这样。"比起讲故事,我更想跟安芬谈艺术,尽管我清楚,这一定是我的一厢情愿。我一厢情愿地对她说,"我们在一起能多待几天的话,也许我的艺术理解,会比我的故事精彩一百倍。比如贝克辛斯基,我觉得他的画,是在画人类真正所处的世界,黑暗,杂乱,孤独,不定型中。我觉得人类出于一种自我麻痹,或者美好的愿望,在漫长的进化中,把内心臆想的东西,附会给了外部世界。人类的眼睛有了一种能力,把万物成像成五彩缤纷的,把我们冰冷的处境加热反馈在肌肤上,把本来不存在的人与人之间的依恋,比如爱情吧,大肆渲染,充塞进整个生命空间。其实,人是特别孤立的。你需要有勇气去面对贝克辛斯基的画,承认生命的萧条。"

汽车穿过一片山林,进入盘山小公路。石子稀里哗啦地响着,并不住地弹跳起来,有几个打在挡风板上,发出哔哔叭叭的脆响。安芬好像听得有点入耳入神,她一直紧闭着嘴。过了一会儿,她拉开副驾前面的杂物仓,拿出拆开过的香烟。安芬说你要吗,我说我从来不抽烟,也没发觉你会抽烟啊。安芬笑笑,说:"你没有跟我接吻过,当然不知道我是一个老烟鬼了,我十八岁不到就会抽烟了。"

她点燃一支烟,继续说:"我没有看过贝克辛斯基的画,也不关心什么艺术,因为我连大学都没上,就弃学晃荡到社会上了。但是我不能苟同你们的世界观。不过你说的人类进化因而有了麻痹自己的能力,有点意思。"她长长地吐出一口烟,说,"人,就好比摄像机,一开始就是黑白的,进化着进化着,对,机器应该叫科技进步着进步着,可以彩色的了,如今还可以三维甚至多维了。世界没变,成像在变嘛。"

安芬的确很聪明,这样通俗的类比,直白而又确切地说明了我那点并不玄乎的艺术理解。

我此时正准备说下去,就着这个艺术话题继续说下去,可我却闻到了汽油味,顿时感到一股久违的兴奋。安芬仿佛看穿我的心思,说:"在城市生活一些年,就习惯汽油味了,断一段时间再闻,就亲切。抽烟也是一样。"我忽然想起她刚才说的第一个男友谈默的事。我说谈默那个男孩在校门遇到梦遗对象女老师,还挨了表扬,后来怎么了?

安芬打了一个方向,说:"他说,老师摸着他的脑袋,表扬他的作文,他说谢谢老师,老师你能把你的眼镜拿掉吗?老师愣了,说,拿掉眼镜老师就看不见汽车了,就看不见你们作业里的错别字了。谈默怯怯地坚持着说,就拿掉一会儿,一下子,一会儿,我想看看老师这个眼镜的款式。老师皱了皱眉,说谈默,你没有认真做眼保健操啊,近视了吧。然后就把眼镜摘掉,递给谈默。谈默只看了一眼眼镜,然后就盯着老师的脸看。他说,老师,你还是不戴眼镜好看。老师说了一句'调皮',然后戴上眼镜,就走了。谈默一个人站在原地,忽然流下眼泪。他想抑制住,那里是学校大门啊,人来人往。可是他没有努力去抑制,或者再怎么努力也没什么用,眼泪一旦要出来,就挡不住。我想男孩第一次遗精,也许一定要伴一次流泪,才完整,或者说才完美。"

"真险,骑车不戴眼睛啊。"安芬突然使劲扳方向,并按了两声喇叭。可我透过玻璃窗,什么人和车也没有看到。安芬说:"好险,过了,一个小伙子,前座上坐着女友,山地车骑得飞一样。"我掉头,后窗里还是没有发现半点人影。也许盘旋的山路已经转换了我们的视角。

"你流泪了吗,那次跟马力?"安芬突然又跳到我的故事里去了,"是不是男孩第一次那样,就特别容易流泪啊?"

"没有,噢,应该不会吧。"我想了一下,又答道,"也许后来有过,可不一定是因为那个啊。"

(六)

亚布镇出现在视线里。

这里毕竟是一块山洼地,还真生长着不少植被。尽管是北方严寒的冬天,植被使得气象里增添了不少生机。这里也不像山上那么寒冷,人们穿着棉袄戴着皮帽,可不需要蜷缩着身子,手脚自如伸展,动作利落地在小街上忙碌着,奔走着。

安芬把车子停在镇子入口的一棵扭曲却巨大的针叶松树下,然后我们就走进小街。大概拐了两次弯,来到一栋破旧的小楼,果然看到挂着亚布镇派出所的牌子。

我浑身不由自主地颤抖起来。安芬似乎发现了我的异常,停下脚步,问我怎么了。我对她摇摇手,装着若无其事的样子。安芬狐疑不定,再次问我怎么了。我坚持向前迈步,我的脚像灌满了铅,与此同时,我的牙床开始磕巴得不停。那些声音在我听起来,如排山倒海般地崩裂。

我不得不停下来,蹲下身子,双手抱住头颅。安芬紧张地跟我蹲到一起,用手抚摸我的头。过了好一阵子,我终于平息了一些。

"许多时候,我恶劣而过敏的体质,会出现异常反应。"我解释说,"有些反应,说来就来,比我预料的要快很多。"

安芬望望派出所的破楼,似乎明白了什么。她把我搀扶起来,我们向前走了几步。这时,我们发现,派出所的门是关着的,好像没有人在。一条狗在墙角晒着太阳,看到我们只懒懒地睁开眼睛眨巴两下,又睡了。一辆白色的桑塔纳警车停在楼前,上面落满了灰尘,看起来似乎几个月没有使用和清洗过。

"你看到了吧,亚布力思,这是一个世外桃源一样的地方,民风古朴,几乎不需要警察这样的机构。"安芬有些抱歉,又像是炫耀似的,好像她是亚布力思的主人,还直瞧我这个客人的脸色。我给安芬回报了一个笑。我的心里顿然失去了刚才所有的剧烈反应,变得舒缓。说实在的,我并不在乎能不能找到警察,找到那件我自己都不一定记得全的行李,临行前到底胡乱地在一只拉杆箱里塞了些什么。我也不在乎能不能参加什么颁奖会。我更不要见什么警察,企求他们的任何帮助。把亚布力思当一场旅游,有人埋单,称得上免费;有安芬,至少现在看上去,大方而又诡秘,热情而又性感,也许称得上奇遇,至少算是幸运。只是不知道我可以免费多久哦。

"只是,我可以免费多久呢?如果离开你的话,我一无所有,简直寸步难行了。"我记不清自己重复了几遍这句话了。安芬宽慰地拍拍我的肩膀,说:"小弟,我不是免费的,你是我雇佣的伙伴,可以回应我的一切询问。"

亚布镇的阳光特别亮,亮得有些刺眼。安芬示意我眺望天空,她说:"阳光很好,但是你看不见太阳。这里的天空只是一片不规则的条状天空,因为大部分都被高大的山体分割、遮盖掉了。"

"我看阳光很好啊,甚至比其他地方的阳光更耀眼呢。"我用双手搭成凉棚,仰望天空,的确见不到太阳,天空也像破地图上的美洲大陆,狭长,不规则。这让我很好奇。"到底是为什么,哪里来的阳光呢?"

"所以嘛,亚布力思是一个神奇的地方,值得你用生命期待与探寻。"安芬说完,自己就忍不住扑哧笑出来,还用手做成扇子状,在脸前划拉几下,好似把一点羞涩,从脸上轻松地赶跑掉。我知道她的意思,这句话听起来像是御用文人,为丽江、香格里拉这些旅游胜地撰写的宣传词。它像实心的芝麻烧饼,一沾牙就香味十足,可咬下去只有面疙瘩的味道,如果无聊得想仔细咀嚼,就只有肉麻了。

"你越来越有文采了,安芬。"我还是忍不住调侃几句,"亚布力思看起来是有趣,但没有你同行,很快会乏味。所以啊,我的宣传词是,没有传奇的生命,追慕天堂;有传奇的人生,纵身亚布力思。"

"真别扭。"安芬并不欣赏这些华丽辞藻。

我们沿着刚才来的路返回。安芬解释亚布镇的太阳,说,"有没有太阳,亚布镇一年四季都是很明亮的。因为山体的绝大部分,特别是山峰北侧,一年四季都是积雪重重,它们形成的反光,投射在一些洼地上,使之明亮。我们感受的亮光,晴天是太阳反射,阴天不过是冰雪反光而已。"

"这倒是很有趣。"透过半山的树木,我们可以看到山上的积雪。

"这种独特的反光现象,造就了亚布力思风光的绮丽。"安芬介绍,"我们可以花点时间,在这些大山里好好看看,从度假村西南方向的一个山坡翻过去,据说有一个天然湖,它在冬天冰封,与雪山形成一个独特的巨大的光容器,把反光投射到更远的一个山地上,使得那里饱受阳光和温暖,冬季如春,生长出千姿百态的草木。一些小型湖泊就成了暖湖,长满了水草甚至热带植物。有一些就形成了沼泽。还有的地方被分配了太多的阳光,类似焦点那样的,有水的就成了天然温泉,水汽蒸腾;干燥的地方就成了焦土戈壁。"

我听得有点呆了。安芬说:"你第一次来,也是第一次听说吧。那就是藤香茶的产地。好东西还不止是藤香茶,数不清的东西,大自然的杰作,绝大部分我们闻所未闻,见所未见。"

"那里有人居住吗?怎么没有开发啊?"

"所有的人都是你这样的想法。"安芬说,"当然有人居住,有几个很小很原始的村落,散落在其中。人们把这里叫作藤乡,家乡的乡,不是藤香茶的香啊。藤乡人很孤僻,拒绝外来者。20世纪80年代初,政府曾经想开发,但很快放弃了念头。一个专家小组费了很大周折进去调研,回来后得出的结论是,不但不能开发,而且要封闭消息,保持这块神秘地方的原生态,比开发有意义得多。最根本的问题是,这里是无法开发的,因为气候反复无常。比如刚才说到的太阳焦点,并不确定。每年夏天,形成焦点的地方,那热是无法忍受的,有些地方甚至能把你烤熟了。火灾四起,湖面好像东一锅西一锅地煮了许多锅粥。当地土著居民住房很简单,随拆随建,而且像游牧一样四季转换个不停,只有他们能够解读这块土地上的阳光迁徙密码,规避高温和严寒,坚强地生存着。他们有独立的语言和管理体系,也拒绝外来的任何援助,总之,我们认知的什么政府啊,文明啊,科技啊,跟他们都是无关的。"

我都不知道什么时候回到车上,什么时候安芬已经把波罗乃兹开离小镇的。我说,"安芬姐,你怎么这么熟悉这里,是不是想有一天可以开发,你捷足先登,一夜把这个地方打响,成为大富婆噢。"

"多俗气啊。"安芬腾出一只手,像拿捏小孩似的在我的腮帮上捏了一下,说,"拜托小弟你长点想象力好不好,你们南方人的人生终极目标都是发财么?"

"那你?"

"想发财才会对一个地方入迷吗?"安芬有些生气,说,"我现在真想把你踹下车,我来这里,恐怕连续有十年了,都是独来独往,每次都有心灵的收获的。这次遇上你这个小叫花子,算我倒霉,跟吃跟喝,说市侩的话,听蹩脚的故事,真是混乱不堪。"

"都是自找的啊。"我逗她道,"可能你对我一见钟情了吧,我明天开始也许就会把你爱得死去活来。"

"然后后天把我翻着肚皮,丢在沙滩上。"安芬踩了一个急刹车,把车停在半山坡上,伏在方向盘上哈哈大笑。"看来,任何事情对你来说,都是有来龙去脉,有目的有结果的。"她咬牙切齿般地克制住笑,并让她的词向外挤得有力度一些。"这就是南方文明人,把我扔到山谷里喂老鹰,我不会爱这样的人!"

我拉开车门,跨到车外,说:"那就把我丢山谷里吧,省得我跟吃跟喝还想纠缠你。"

车门呼啦一下还真开了，打开的车门晃荡着。开到几十米外，车子才停住。安芬下车，双手叉腰往地上一站。我也学着她，把双手卡在了腰间，挺直了身子对着她站立。我们俩对峙了几分钟。四周死一般的沉寂。我们像美国西部片里的一对牛仔冤家，在荒原上狭路相逢。然后屏住呼吸，期待在一瞬间拔出家伙，以上帝般的微弱优势率先把对方撂倒。

还是安芬憋不住先笑起来。我们都弯下身子冲对方笑起来。上了车子，安芬说："你我刚才像《黄昏三镖客》里的镜头，如果我刚才是叼着烟的，就是克林顿·伊斯特伍德的花木兰版。"说完就顺手抽了两支烟出来，一起点燃在嘴里，然后递给我一支。我接过来抽了一口，马上呛得眼泪都出来了。安芬问："第一次？"

"第一次。"

安芬又一次爆发出大笑，说："第一次，总是要流点什么液体的。"

（七）

吃午饭时，我提出去藤乡看看，既然在亚布力思待下来了，无所事事，就不能总靠着喝藤香茶、讲恋爱故事打发时间吧。藤乡引起了我浓厚的兴趣，安芬描绘的藤乡，简直像亚马孙河流域丛林深处，有许多现代文明教材未曾纳入的内容。在这个四周布满了人造卫星、谷歌地图可以把世界摊在你面前的时代,有什么比这个更值得亲历的呢?安芬却竭力反对,她说既然到亚布力思滑雪度假村,就好好地滑雪度假。

"也许藤乡不过是人们的虚构,加上我记忆的加工与幻想的积累,说不定它根本不存在。"安芬说,"我一度怀疑,它是度假村的老板为了他长远的商业计划,而杜撰并传播的一个乌托邦,或者是某个茶商,为打造出一个夺人的新茶品牌所做的铺垫。"

"可你上午津津乐道,绘形绘色,唯恐我不感兴趣。"我从来没有想过要到几千里外的北方,学习什么滑雪运动,"而且,你自己来这里探寻了十多年,不是吗?"

"我可以带你去那里,但是我自己从来没有到达过。"安芬点燃了饭后一支烟,吹着烟圈,慢吞吞地说,"有几次,我雇当地阅历丰富的老人做向导,结果都是翻山越岭大半天,眼看着太阳都跑西了,他们指指远处层层叠叠的山幕,说,第几层第几层山的里面,也许就是藤乡了,小时候我爷爷好像就在这里对我说过。我那个晕啊,只好折回头。所以,你一定要去,我们得准备充足一些,比如日夜兼程所需的一切,露宿帐篷、干粮、防寒设备、武器、指南针、应急药品,等等。"

我不再吭声了。看来,所谓藤乡,十有八九是个传说。即便这片大山丛中,存在藤乡这个地方,大概也不会是安芬描绘的那种风貌和人情。可能就是一个相对闭塞落后、被人们忽略的村庄罢了。

我们下午就去滑雪。在度假村的副楼一侧,有一个出租滑雪服装、滑雪鞋、滑雪板等家伙的房间。安芬熟练地办完手续,拿到了两套滑雪装备,先仔细地教我如何穿上它们。换上衣服和鞋,我们扛着滑雪板就出了门,翻过度假村前面的一个小坡子,对面一座山体巨大的斜坡形成的天然滑雪场就出现在眼前。安芬介绍说,这个斜坡超过八百米,下面其实是一个小水库,所以天生就是一个练习场。坡不陡峭,朝阴,水库冰封,冬天积雪厚实。再生的菜鸟,在这样的滑雪场,都有足够的练习空间,滑起雪来足够平缓、安全。

我几乎没有听清安芬喋喋不休的介绍,我一直感到有些喘不过气来。特别是沉重坚硬的雪靴,使我的挪动变得特别笨拙。安芬说着说着,就发现我掉队了,不得不停下来等我。等走到平地,其实是覆盖着厚厚一层雪的水库冰面上时,我已经累得浑身酸痛了。安芬不让我偷懒,教我穿滑雪板。

"先进鞋尖,顶住固定器前段,然后使劲把脚跟压下去,咔吧一下就对了。"她边说边示范,并蹲下身子为我校正鞋子的位置。这个时候,安芬短发的一侧,后颈在滑雪服领口闪露了一下,只一下,我看见那里有几颗痣。

我的心猛烈地跳起来。难道这个世界上,有许多女人后颈上长几颗痣么?当然不可能有许多。可是我的人生里,却至少已经出现了两个,这算不算高的概率呢?有没有一些蹊跷呢?

我感到背上的汗都快结冰了。

安芬转头向上看我,说你怎么了,哪里不对劲吗?我说,没有没有。顺势把脚跟踩下去,只听得固定器与鞋跟发出清脆的切合声,我的滑雪板全部穿好了。安芬说,OK?我说,OK了!就站直了身子。可是整个人随即失控,滑雪板自行跑动,我便仰面倒在雪地上。

这下安芬乐了,站那儿看我在雪地上试图爬起来,可怎么努力都不成功的狼狈样。雪靴坚硬的高帮使我的腿无法弯曲,滑板却又使我无法拧转身体,我那样子一定像一只被晒肚皮的巨大海龟,只能在原地划拉着胳膊,并小幅度地打圈子。

安芬在我的上方,笑得口水都掉下来了。她一定想起了海龟约会的故事了吧。我抓了一把雪,向上扔去,正好打在她的脸上。张大嘴巴笑的安芬,呛了一口雪,咳得满脸通红。接下来我受到她加倍的报复,她几乎用雪把我埋了起来。直到我反复求饶,她才罢手把我拽起来。

在平地上,安芬指导我反复练习几个动作。借助雪杖支撑的力量,一步步尝试向前滑行。然后又找了一处稍有起伏的雪地,让我顺势小滑了几个来回,每次我都能顺利滑个二三十米,可是刹不住自己,总是以一个跟头作海龟晒肚皮状来结束。安芬每次过来拉我都忍不住笑,我感觉她快把劲儿全笑光了,就提议她做一个示范表演,上到最高处,滑下来,让我欣赏欣赏。安芬爽快地答应了。

今天的天空特别干净。雪地也特别干净。天地间一片纯净。山坡上点缀着很少几个滑雪者快速移动的身影,他们是雪白的,金黄的,或者火红的。我想如果有一只佳能单反相机,用一个延迟曝光小光圈的伎俩,拍摄出来的滑雪者,一定像是许多庸俗摄影师拍出的城市道路夜景,汽车的尾灯驶出一条线。这些滑雪者,在滑道上,也许就是条条黄线红线黑线白线了吧。

安芬则选择了一身黑色的滑雪服,里面穿插着几支火苗状的黄色线条。她扛着滑雪板和雪杖,从坡子一边的栈道向上走去。我站在原地看着她的背影。安芬看起来很高,腿很长,迈步的时候矫健有力。并没有过多久,她的身影就出现在坡顶。她朝着我挥手。我也向她挥手回应。不久,她就从坡子上开始急速下滑。

到了半途,安芬开始侧身,身体划出了一定的弧度。从我这个角度看过去,她就像是在翩翩起舞。更像一只羽毛美丽、身姿轻盈的海燕,在卷曲的排浪上滑翔。待冲到我跟前时,她又是一个弧线,围着我转了将近一圈,在我的右侧刹住。滑板划过的地方,飞起一圈雪雾。

"怎么样?"她的滑板呈倒V字状,停留在我的身边。她解开滑雪服的帽子和第一颗纽扣。在她的周围,洋溢着一股热浪。她甩甩有些凌乱的头发,那些头发马上听话似的变得整齐温顺。她向我伸出手,说:"要不要我带着你滑一次?"

安芬的手是这样的温暖,以致我都忽略了对这个建议的回应。我什么也没有来得及说,便跟着安芬"飞"了起来。我觉得我的任何行动,都不是自己完成的,我像安芬手中舞动的一条轻纱围巾一般,在雪地上自然飘展着。安芬的手向我传达她的体温,促使我的身体,逐渐恢复了重力感。然后我就向侧面倒了下去,屁股在雪地上又滑翔了一段距离。但安芬的手始终被我紧紧地抓着。她兴奋而夹带着一点恐慌的喊叫,在低空中响起,为紧接着我的摔倒做了一个及时的配音。

我们俩正好面对面地躺倒在雪地上。

安芬笑着,望着我,她口中的热烈气息,直接扑打在我的面颊。我不由得伸出双手,想捧住她的脸。她成熟的弧沟弯弯地衬托着她宽扁的嘴线,那是女人无数次的笑靥才会养育出的美。安芬身体上的热量和气质里的温度,通过这两天的传导,好像修复了我身体内部的某些循环。我有些感动,有些潮湿,有些热量,要往外涌荡。于是,我伸出双手,就想立即捧住她的脸。可我发现我是戴着厚厚的笨重的防寒手套的。

我有些纠结了。明明刚才我与安芬拉着手的时候,我确切地感受到了安芬,感受到了她的体温。我甚至能够清晰地感知,安芬的手指修长、骨感,而又有玉质的润滑。

安芬从我的表情里看到了疑惑。她眨着眼睛问:"你摔晕了吗?起不来了吗?"

"我是不想起来。"我在雪地上摇摇头。然后,我就把胳膊搭在她的背上。我们俩奇怪地对望着。安芬的眼睛开始潮湿,我的眼睛也开始潮湿。然后安芬轻轻地笑了,我也轻轻地笑了。

回头路上,我开始胃痉挛,然后又大口大口吐出了苦涩的胆水。安芬不断拍打着我的后背,然后搀扶着我走。我们拖着笨重的雪靴,好不容易回到副楼办好了滑雪服械的退租,回到我房间。

"不应该带你滑雪,看来你扛不了亚布力思的气候。"安芬为我烧了一杯温开水。我喝下去,还是吐个不停。安芬就回自己的房间,拿来一个热水袋,让我焐在肚子上。然后又为我泡了一杯藤香茶,说:"你试试这个,说不定管用。有人说藤香茶更是一味药茶,对许多说不清道不明的身体反应,有着奇妙的安抚作用。"

我喝下去一大杯茶,果然身体舒服了不少,不久便昏昏睡着了。

(八)

其实,我跟马力的故事是不堪回首的,第一次说给安芬的,也许是故事情节的绝大部分,但绝不是故事的要点。这个故事远没有结束。这个我十三岁发生的故事,我一直认为是我恶劣生命的开端。

十三岁的男孩,站在田埂上,望着女孩拿着她的画像,一阵风离开,消失在金色的傍晚。

男孩带着好奇,带着怅然,带着一点不可告人的惊喜与罪恶,用手仔细地捻着自己裤子里潮湿的那一片。田野里弥漫着青草的腥香。他环顾一周,残阳斑斑,庄稼安静。他忍不住闭上眼睛,仰面向着天空,努力把鼻翼抬得高高。他感到萌动的地气是温热的,正在蒸腾和托起他的身体。而他吸进了太多的某种气息,整个人变得膨胀,不安。——我就是在这种情境里,埋入了年龄里一段不寻常的青春腐土。此后的几天,走路,吃饭,睡觉,我都在回忆那个下午。其实,只那么一会儿,那么一小会儿。马力骑在我的身上,我的后背贴着湿热的土地。天空蔚蓝,庄稼稠密而安静。野花在身边开得琐碎而鲜艳。到处是蒸腾的腥香气息。

马力对着我展开的画像使我的身体突然热浪喷薄。

我在几天的回忆里,妄想追究出那一刻到底发生了什么。我把细节解剖了又解剖,肢解出无数块,最后还是一片混沌。这些混沌驻在我的身体深处,不断地向外排放出清甜的气味,充满我的所有感官。我在夜里偷偷地查看自己的衣服,查看身体的每一寸隐私部位。我失眠,口腔里不断分泌出酸酸的黏液。

其实,在回忆这些的时候,我出现了太多的偏误。从田埂上回来,我大概只在家待到第二天的傍晚,一件意外的事故便结束了这一切。

傍晚的小镇上突然人头攒动。大家惊恐万分地私语着,涌向小镇的一个方向。镇子里响起了尖厉的警笛声。我盲目地跟着人群,向前走。

"杀人了！今天夜里杀人了！"人们这样转述，"两个，天哪，两个呀，几十刀啊！"

我随着人群向一个地方汇拢。人越来越多，越来越集中。我们终于走不动了。我们的眼前，是马力妈妈所开的服装店后面的小院。围墙外停着两辆白色桑塔纳警车。我的脑袋"嗡"一下轰鸣起来。

这一天的上午，马力家的服装店没有开门。一个预约了上午来取定制服装的顾客，在门外徘徊了半个时辰，也没有等到马力妈妈前来开门。于是她回家吃了午饭，又睡了一个午觉，然后再次来到服装店。等待她的依然是"铁将军"把门。她又耐心地等了好久好久，最后在楼下卖杂货的店主那里打听到，女店主就住在这栋楼的后面，有一个小院。女人于是来到小院，院门一推就开了。小院里栽满了花草，月季怒放着，葡萄的藤蔓缠绕着围墙，两棵香樟树刚换完了叶子，浓密的鲜绿色的新叶子，在微风中稀里哗啦地响着，如万千小手掌一样鼓着。女人走进院子，边喊着马力妈妈的名字，边慢慢地往前走。

没有人答应她。屋子的门半掩着。女人站在门槛外的石板上，拿高跟鞋的铁掌跺跺，弄出几声脆响来，并试图探进头喊主人，以便更好地把喊声送进里屋。但是，屋里吹来一股寒风，差点把女人呛住。女人咳嗽了一声，顺手去推门，并迈进了一只脚。由于里外光差太大，女人一瞬间什么也看不见。可是也就是这一瞬间，她觉得门后面有一股反推力，似乎什么东西软软地卡住了门。等她跨进去，眼睛适应了屋里的昏暗时，她彻底崩溃了。她看见地上躺着两个人。小姑娘穿着碎花裙子，仰面躺在血泊中，眼睛睁得又圆又大。她的妈妈，一手搂着女儿的身体，一手扒着门框的底端，匍匐在地上，停留在一个痛苦地挣扎和抗争的姿势里。

女人以为自己出现幻觉，沉住气，揉眼定神，再看。这时，一幅惨不忍睹的凶杀画面呈现在眼前。跟恐怖片里的镜头,没有什么不同。

女人夺门而出,在巷子口哦哦哦哦地叫了半天。人们以为她是一个发疯跑上街的女人,上来围观她。有两个游手好闲的汉子,甚至过来用言语调戏她,并想上来摸她的奶子和屁股。女人扑通一下瘫倒在地上,神经质地说着什么,前言不搭后语,说了好一会儿。两个汉子蹲下去,听了又听,终于听懂了她的话。

我那天在臭烘烘的人群中挤来挤去,终于明白发生的事情。马上感到一阵晕眩,再也站不住了。我贴着马力家的围墙,坐在地上。我第一次遇到生活中的凶杀案,这个不到万人的小镇也是第一次发生这样的惨事。而被害的竟然是她们母女,被害的就有马力啊,那个一天前穿着她的碎花裙子,坐在我身上看画像的小学同学马力啊,那个我眯缝着眼睛,在午后的阳光下,几乎让我产生青春幻觉的女孩啊!

不知道过了多久,人群被分开了一条路。我扶着围墙站起来,挤进人群。一辆面包车开始向马力家的门口倒车。车子停住后,下来三个"白大褂"和一名警察,他们分开人群走进院子。大约又是半个小时后,马力的妈妈被裹在一个袋子里,送进了面包车。然后,马力被一个"白大褂"托着出来了。人们发出嘘嘘的惊叹。马力像睡着了,修长的胳膊和腿耷拉着,雪白的肌肤上沾满了黑色的血斑。她从我面前闪过的一刹那间,我甚至看见了她后颈上那几颗醒目的痣,依然那么整齐地排列着。她的头发凌乱不堪……我浑身战栗,又一次跌坐在地上。

讲到这里的时候,我的胃再次开始剧烈疼痛,然后痉挛。我从床上坐起来,梗着头,使劲摇晃着身子,以使身体分散对疼痛的注意力。安芬慌忙制止我讲下去。"我听不下去了!"她紧紧地抱住我的头。她浑身的颤抖,同时也传到我的身体里。我也紧紧地搂住她。我们双双不停地使劲,使劲,似乎要把对方的疼痛挤出来,把对方的恐惧压迫成粉碎。

这个时候已经是凌晨,安芬一直待在我的房间照顾我。从滑雪场回到房间,我昏睡的几个小时内,安芬一直守在我的床边,用毛巾热敷我的头,每隔两个小时,就将我腹部上的热水袋换上热水。我醒来的时候,安芬正趴在我的床头,眼睁睁地等着我醒来。

"你的眼皮一直在跳动,跳得真快。"她对我说,"我就在猜想,你一定做噩梦了。"

是的,我正在做梦。不过,不全是噩梦啊。起初是田野,蓝天,野花,玉米胡子,穿连衣裙的马力追着我,把我扑倒在地。后来我看到了她后颈上的三颗痣。坐在我身上的马力,变得僵硬,眼睛瞪得又大又圆。我就惊醒了。我的眼前是安芬。房间里异常寂静,床头灯散发着微弱昏黄的光,那些光扩散的声音几乎都能听到。我想起小时候停电时的寂静和烧柴油的罩子灯,捻子燃烧时的吱吱声,像遥远的万籁和鸣,经过时空的筛子反复筛过后,剩下了整齐和稠密。我的心变得空荡荡,似乎只剩下一场梦了。

可安芬在我的面前。当一场噩梦醒来后,我的眼前竟然有这样一张温暖的脸,一个总是对故事充满了神往的女人,一位邂逅的北方姐姐,在身边好像永远对自己抱以耐心和期待,一个总是微笑着露出她唇侧的两个小米窝的女人。于是,我说:"你累了吧,姐你累了吧。姐如果你不累的话,我把刚才那个与梦有关的事说给你听。"

安芬点点头,就开始听我说上面的故事。

这个故事并没能讲完,我们已经不能承受其中的疼痛。安芬抱着我,说我们不讲了,你需要休息。我说,我想讲,我从来没有讲过这件事。安芬说:"我们等一个阳光明媚,空气温暖,你的身体状态和心情最好的时候。这样我们可以在亚布力思,一起盼到那一天。"

(九)

我们决定还是要找藤乡。也许这样,我们有一个更好的待在一起的理由。这个理由,会使许多在我心底里的冒昧,像啤酒花一样冒起,然后很天然地破裂,消失。藤乡就是托起啤酒花的空气,在似有似无中起到了一种必要的作用。

我们开始筹备探险藤乡的物件。安芬开车跑一趟小镇,买来许多出行用的东西:一大袋饼干,一大袋牛肉干和火腿肠,一袋盐,一袋榨菜,一袋干面,两大盒经过防腐处理的牛奶,一长一短两把手工刀,一个保温壶,一袋纸巾,还有火柴、香烟等小玩意儿。最有意思的是一个聚光镜和一大一小两只搪瓷平底盆子。安芬指着它们说:"路上很寒冷,但是这里的阳光,通过这个聚光镜就能产生热量。冰雪只要有温度随时可以变成饮用水。聚光镜还可以代替火柴。搪瓷不怕烧,我们可以当锅用。更为复杂的是,安芬买了一大包塑料薄膜,还有针线和胶带。我没有弄清楚,她这是准备用来干什么的。这些东西,被分装在两个大双肩背包里,放到了波罗乃兹的后备厢。安芬说,汽车开到哪里算哪里,没有车路后,我们就下车靠双腿继续前进啦。

出发那天我们起了一个大早,波罗乃兹在山间的公路上小心翼翼地开。北国冬天的凌晨,很难见到第二辆车子,更不要说人啦。"这样才安全。"安芬说,"新的雪地绝对不会打滑,雪被压多了,积雪的路面就会变成冰,那就很滑了。"我们听了一会儿车轮摩擦雪地的声音,能够感受到它们把雪压下去一瞬间发出的那种声响。

在我看来,我们的前进更像是没有目标的。我中途提出这个疑问,安芬又用刚遇见我时常用的费解眼光看看我,说:"你需要目标吗?我摸索了十多年,藤乡就是一个不确定的目标,我从来都是凭着感觉寻找这个地方的。"说完,又补充说,"现在,我就是你的人生目标。我有多不确定,你的目标就有多不确定,就像藤乡之于我们。"

我说好好好,一切由你。

汽车绕上第二座小山头的时候,天边越来越红。雪白荒芜的大地顷刻就像燃烧起来似的。当我们的方向冲着天边的时候,安芬把车停了下来。"让我们沐浴一下金色的晨光吧!"她呵呵地笑起来。简直是太美了,这样的情景,让我一下子想起大学一年级时的女友蓬蓬。她有一天突然对我说,如果我不爱她了,离开她了,她会选择一个早晨,在霞光四射里纵身飞入一片海,眼前若是没有海,至少有一片江,一片湖吧。"即使连湖都没有,总有浴缸和自来水龙头吧!"蓬蓬这样说,做出牙关紧紧咬着的样子,以向我示意她绝对不是在说笑话、耍幽默。我当时听了这话,吓得不轻,用手捏捏她的胳膊,说你没病吧,怎么像个封建社会逃出来的烈女。她说要是不信,有足够的勇气你可以试试,我一定有足够的勇气向你证明我烈不烈。

我把这个说给安芬听。安芬似乎不感兴趣,她正忘情地用她那双漂亮的手,在挡风玻璃后舞着。

"我们有的是时间讲故事。可这样的阳光只有一小会儿。"她坏坏地对我笑了笑,说,"看看我的手舞,我自编了一套手舞,这是一种很个人化的舞蹈哦,我经常为之着迷。你看看,我表演一个,我为它取名《别人的阳光是我的走散》。"

安芬的手舞果然很不一般。那些手指灵活,是一种姿态语言。它们先是慢慢地在空中漫步,有些手指开始向着阳光的方向划动,显得快乐而轻盈。我都不知道她为什么能把手指划拉得那么快,以致在我看来,它们像是用慢镜头拍摄然后再用快镜头播放出来的动作。优美,快速,一点也不错顿,动作的过渡连绵而又迅捷。当这些划动的手指充分地沐浴完阳光后,便被收进了拳头,剩下一个小拇指,孤独地在那里徘徊。这只小拇指一会儿弯下腰沉思,一会儿昂起头仰望阳光,一会儿万般姿势地扭动身子。最后,它变得疯狂而凌乱,一阵子,又一阵子,沉陷在另一种疯狂而凌乱里,最后慢慢地趴在拳头上,久无声息。

这些舞蹈做完,安芬拍拍手掌,活动了一下关节。太阳已经升高,变白变亮。先前衬托在它四周的云彩,顷刻也消失得干干净净。安芬从手刹柄边的盒子里,拿出一盒护手霜,精心地擦着她的每一根手指,尤其是那只表演到最后的小拇指,她带着护手霜按摩着它,直到小拇指润透如一枚和田玉艺术小件。做完这些,她又开始对着中央后视镜化妆。她的动作非常娴熟,我从侧面看过去,那些动作竟然流露出一种舞蹈美,就像刚才的手舞一样。我看得有些痴迷。安芬做完这一切,才掉过头来跟我说话:"女人化妆,就算是老公,都不可以看的。"

"很美。"我由衷地赞叹。

"你知道我是什么人吗?"安芬把她的零碎物件收拾进盒子,"啪"一声合上盖子,顺手发动了车子。"别很美很美地赞个不停,说出来吓死你,我是一个婊子。"

"你也真敢说。"我忍不住哈哈大笑,说,"不过不要说是婊子,你说自己是女杀手,也吓不死我,你越坏今后的悬念越多,我还求之不得呢。"

"你不相信就拉倒。我当不了杀手,但我是一个合格的婊子。"安芬对我的大笑显然有些不高兴。但是一个女人这样讲自己,难道不好笑吗?即便她真是婊子,这样讲出来难道不好笑吗?可安芬这样讲自己,别人笑了她却不高兴。安芬把一盒卡带放进汽车音响的卡座,一段舒缓的音乐就流淌在空旷的山间。"蓬蓬后来怎么样?你说事不要总是有头无尾啊。"

我醒悟过来,安芬原来对我的每一句话,每一个故事和它们中的细节,都是上心的。她的思维跳跃到手舞前的那一刻。"你们分手了?傻姑娘去跳海了吗?"

"没有。"我说,"她当时边穿衣服边骂我说,我觉得你是个废物,是一个彻头彻尾的猥琐男,我瞧不起你。感谢你没有拿走我的处女身,我要找一个你看起来最厌恶的男人,把身子破给他。她长得不漂亮,但是瘦弱,惹人怜爱,平时说话又清又软,夹带着一点方言口音,在我耳边像是唱歌。可是这次她这样骂我,杀气腾腾,她当然是伤透了心。可我当时躺在那里,感觉自己如同濒临死亡,连狡辩的勇气和道歉的力气都没有。"

"她做得很好,尽管我不知道你们之间的过节。"安芬气有些消了,在音乐中摇头晃脑。一首音乐播完,她开始拨弄快进键,寻找一首歌。

一段长长的过门音乐后,一个低沉、柔情和半醒半梦般的声音,不紧不慢地唱了起来:"Where does a broken heart go/Does it just fade away……"

每唱一句,安芬就念叨出一句:

受伤的心该往何处去

是逐渐凋零吗

还是就此永远消失

有一天它会重生吗……

当心已不在但他所能承受的

就是上帝用爱的双手来保护

受伤的心该去往何处

当它死于悲痛

有收留这颗受伤心的天堂吗

……

这里面的音乐其实是很老气的。它甚至完全不适合在行驶的汽车中播放。因为几乎没有节拍感,只有缓慢的叙述,感伤隐藏在不温不火中。但是听这首歌不会让人太有听歌的感觉,它会让你觉得你是自己在音响里说自己,它的声音让你怀疑自己的处境,到底是不是现实的。有谁这么锐利地切开别人,进入自己呢!

"也许是词义发挥的作用。"安芬这一刻仿佛又看穿了我的心思。一曲放完,她把卡带又一次倒回去,重新播放,并鼓励我和她一起,用中文跟着唱。我们就在汽车里和音响一起唱。唱了一遍又一遍,最后撇开音响,我也能大致唱全这首歌了。汽车在不断下坡,然后进入一片相对平缓然而根本没有路的林地。进去之后只能看见凌乱的车轮印记,我想这应该是一些像我们一样漫无目标的疯狂越野者留下的吧。往前开,树林越来越密,终于连任何车辙都不见了。地面也变得松软,没有任何冰雪。显然这里的天气不算寒冷。难道这里真的接近传说中的藤乡了?

安芬停下车,看看时间还早,就掀开后备厢取出两个大背包,说:"音乐听不成了,我们得徒步了,前面不可能有车路了。"

我很想了解一下这个歌手。安芬说,"待会儿告诉你。"然后她选择一个分量轻一些的背包给我。这让我有点羞愧。安芬安慰我说:"别不好意思,你看起来身体状况并不好啊,何况中途可以交换行李的,我们的路途到底有多遥远,还是个未知数呢。"

徒步上路后,安芬说:"刚才在车上,我没有介绍歌手,怕吓着你。他是美国20世纪50年代前后风靡的乡村歌手,歌曲很复古,很忧伤,唱的都是怀念当时的我、当两个世界碰撞、伤口渐渐愈合、为什么爱、窗上对影、忧郁的男孩之类的内容。他叫金·瑞弗思,四十一岁时因交通事故死了。"

走了一段路,我还是想和安芬换那个更重的背包,尽管安芬显得精神十足,而我已经气喘吁吁。我们俩把包拽过来拽过去,安芬说,"你这个身体,还是积蓄点力气吧。说不定我等会儿连人都要你背着走。"

我就不再客气了。

我们走了一阵子,终于走出丛林,前面出现了一大片开阔地,稀稀落落的一些大树之间,散落着几个破房子。我不禁欢呼雀跃。安芬脱掉外套,说你别得意,这不过是一个废弃的小村,可不是什么藤乡,这里连个鬼影都没有的。

我们穿过这片开阔地,经过几栋房子——其实是一堆堆残垣断壁,我不禁想起了核辐射。真的,我想起了核辐射,跟核辐射联系在一起的,总是这一类光景。二战后的广岛、长崎,20世纪80年代的切尔诺贝利和戈亚尼亚。安芬看到了我的不安,上来牵住我的手,说,"不要多看,这不过是一个废弃的小村,未必有什么悲惨历史。"可她的话还没有说完,我们就在一个破院子前,看到一个大坑,里面有大片的白骨。我又要呕吐了,安芬指着白骨说,不要紧不要紧,你仔细看看就明白了,根本就是动物的骨架啊。

我瞥了一眼,她的判断没错。那些凌乱的骨架,还是能看出是猪或者羊啊什么的残骸。安芬分析说,这明摆着是一个养猪场,至少是一个大的羊圈。可能主人没有办法把它们带走,它们被遗弃后饿死在这里的吧。

在大坑边上的一棵大树下,我们还发现了一具狗的遗骸,它脖子上的绳子还拴在树干上。当然那根绳子已经烂得只剩下几段碎麻线。

"我四年前的一次寻找,是一个人经过这里的,跟今天一样,那天阳光明媚。我一点没有恐惧,因为,比起方圆几百里的大山区,多地荒芜,这里至少是有人迹的啊!"安芬拉着我,帮我加快了脚步,"每次来找藤乡,走着走着,路途总是不一样。也就这个地方第二次路过。"

我佩服安芬的胆子。我们很快走出了这片废村。前面出现了一条通往另一个山头的小径。小径是依稀的,并不明晰,上面长满了杂草,看得出来有几年没有什么人走过了,一些杂草居然高过大腿。随着杂草越来越短,这条小径也几乎消失了。胡乱地走完这个山坡,翻到另一侧,出现在眼前坡子下面的,是一个干涸的河谷。河谷蜿蜒,里面铺陈着大大小小的卵石,数以万计,数以亿计,一望无际。安芬来了兴致,看得出她喜欢这个地方。她几乎是冲刺下坡,走进了河谷,蹲下身子玩弄起那些卵石。

"你看你看,这些图案,像是什么文字,也像是地图。"

她兴奋的声音响彻河谷。我追上她时,她的手中扬起一块巴掌大的扁扁的椭圆形石头,颜色泛绿,上面的确有比较复杂的纹路。我接过石头,仔细看看,觉得并不是自然的雕琢。我想起了在一部关于藏传佛教的纪录片里,一群人越野到川西的稻城亚丁,那高原的河道上,往往也集中堆放了一些刻写藏文和动物图腾的石头,是虔诚的信徒在大自然中表现自己的思想与忠诚,并祈祷万年的不朽。我把石头颠来倒去地看,没有看出什么名堂。安芬凑上来,说也许这是藤乡人独传的古老文字。看了一会儿,她大声嚷嚷道:"好像是两个人绞在一起呢,说不定是古人的爱情信物。"

她示意我从一个角度看,果然如她所说,像是两个人绞在一起。不过,说是人,那样子更像是两棵树,绞在一起的更像是藤蔓。安芬要把这颗石头放进她的背包,带走。我劝她不要带,这也太重了,不能再增加负担了。

"如果带到南方,送到你家乡的那些富裕城市,那可值钱了,说不定给哪个玩石头的富商看中,一出手就是百儿八十万的。"安芬笑嘻嘻地收起石头。我说你怎么也开始谈钱了,俗气了吧,不是一直批评我们南方人的爱财习气吗,怎么也染上了?

"当然。"她得意地笑着,一颗石头让她很开心,"我要不用南方人的所好,怎么能说服南方人,说服你这个南方小子允许我带走石头呢!"

"那是因为你不了解真正的南方人,不了解南方。"

"也许。"她说,"比如你,我就不了解,至少不了解你真正喜欢什么。"

安芬又开始说自己喜欢石头的理由:"我一直觉得每一颗石头都是一个生命库。"她带着沉思的表情,缓缓说道,"我觉得是有过无数轮的轮回的,我们现在的人类,未必是一个偶然文明,说不定地球,甚至宇宙生命已经有了许多周期。每一次宇宙的大的爆裂、熔化、喷薄、重生,一轮新的生命在它安静下来后慢慢诞生。但是这一轮的生命并非空穴来风,它不过是上一轮生命信息找到的新载体。这些生命信息就储存在这些石头中。我们捡到的一颗石头,也许就是自己生命的母体。人类不能解读它们,是人类对自身认识尚处在极其原始的无知阶段的结果。"

我被她的话绕得有些头晕。我提醒她还是加快脚步走路。她坚持要讲她的石头。

"小时候,我有一个老师,讲他的曾祖父有一件传家宝,是一个和田玉的烟嘴,雪白雪白的烟嘴。"安芬望了我一眼,意犹未尽地继续讲石头的故事,我只好停住脚步,让她专心致志把这个和田玉烟嘴讲完。她拉着我的手,示意我不要停下来。我们缓缓地走,她缓缓地讲:"老师的曾祖父一生就衔着这个烟嘴。他一生有两个爱好,一是用这个烟嘴吸烟,二是养金鱼,红色的金鱼。他每天最重要的事就是衔着他的烟嘴,看着他的金鱼。几十年下来,那个玉烟嘴里,出现了一小块红色斑点,仔细一看,就是一条红色的小金鱼啊。石头通灵性啊。曾祖父去世后,烟嘴被传给祖父。老师的祖父没有这些爱好,就把烟嘴锁在箱底。过了几年,拿出来一看,那条小红金鱼没啦,玉烟嘴依然是那么雪白雪白的。你说,那是怎么回事呢?"

"噢,"我说,"一定是曾祖父的生命有灵性了,被寄存在玉烟嘴中,就是那条红金鱼。"

"我也这么想。"

安芬对我的回答很满意。她冲我轻轻笑了一下,拉着我加快脚步。我们继续沿着河道向下游走。安芬判断,河流下游气候温湿,有水有植物,宜人居住。藤乡,也许就在这条大河谷下游的某处呢。她的话无意间让我兴奋了许多。我的精神为之一振。不一样的自然气息,让我燃起了对藤乡这个听起来如同梦乡的目的地本能的向往。一些劲头在身体里莽莽撞撞地游动。我甚至提出该与安芬换背包了。安芬说,"还是算了吧,看不出你剩下的力气比我多。"

在河谷里走,倒是一点不觉得乏味。有些地方的石头简直可以说是五颜六色,安芬不断弯腰捡起它们,再小心地放回原地。因为有之前关于石头与生命关系的话题,以及烟嘴的故事,这些石头看上去就显得特别奇幻。也许它们真的就是一些生命的储存器,躺在这里,等待一个激活的机遇。

"如果就地建造一座房子,材料就用这些石头,那该有多美,那可算是生命之屋。"安芬念叨着。我怕她再次沉浸到石头的幻想里去,忘记路程的未知与遥远,于是不断催促她抓紧时间赶路。太阳已经变成橙黄色。我的方向感也早已混乱不堪,有时候看看太阳好像在北边,有时候又觉得在南边,更多的时候感觉是在东边,太阳颜色越深,越是产生日出不久的错觉。气温好像倒是越来越高,我出汗了。安芬索性脱掉了她褐色的棉袄,只穿着毛衫。那毛衫是雪白的,上面绣了许多细碎的小黑花。脱掉棉袄的安芬,第一次在我面前呈现出她的身材来。她的腿很长,腰不算很细,甚至有些顺延了臀部的丰腴。但腰线柔和且弧度流畅,这使她的身型脱离了我们亚洲人种的扁平特征,加上她褐色的头发,使她整个从背后看,有点像是发育偏好的某个西方女人。

我再次被安芬看穿了心神。她忽然驻足回头,笑着问我:"我胖吗?"

"不算胖,不够胖吧。"我慌不择词地回答。

"什么呀,什么意思呀?"安芬嘟着嘴说,"不算胖和不够胖,完全是两个意思嘛。"

"哦,哦。"我说,"没有表述清楚,就是不胖吧,但是该有的都有。"

"你还真坏。"安芬掉头继续走路,"你知道吗?我年轻的时候,比现在瘦好些的,脱了衣服,身材就跟商场里的塑料模特儿似的。"

"嗨嗨,还年轻的时候呢。"我说,"你现在很老吗?"

"比你老。"安芬打了一个响指。

(十)

我们总算走到了一块平缓的地方,看上去是一处河道的漫漶之地,虽然干涸,但能看到水线的纵横。一望无际的枯萎的矮树丛,在阳光下是一片迷糊的铁锈红。水线的土壤也呈现出红色。安芬说,那是夕阳的作用,但不全是光线的缘故。河流的上游,石头和土质饱含铁矿物质,被侵蚀分解,随着水流扩散下来,就染红了河道,并被植物吸收,改变了植物的色调。

时间的确不早了,我心里不禁有些慌张。这是什么地方呢?难道我们要在这里过夜吗?

"我们当然要在这里安营扎寨。"安芬用手指着对面的大山,说,"看来没有更好的去处了。这里还算暖和,地势平缓,看起来也不会有豺狼虎豹出没。"

我们找了一块平地放下行李。这块地不错,有一层厚厚的枯草覆盖着。安芬用手掌按了按,非常满意地说:"不错不错,五星级的席梦思,大自然品牌。"

我赶紧坐上去体验了一下,果然很是松软,而且被阳光照射得很暖和。我不禁仰面躺下来,看着天空说:"太好了,就这样,一个好觉,眼睛一睁,说不定就是明天了,而且春暖花开,藤乡就在眼前。"

"你想象力还真不赖。"安芬把我从地上拽起来,说,"这个地方一落日,百分百冻死你。你看,四周大山,山腰以上不都是雪峰吗?"

"那怎么办?"

"你真是个小男生,百无一用的小书生。"安芬说,"现在不能歇着,我们得抓紧时间干活。"

安芬一边解开两个背包,一边进行分工。她负责找水,砍柴,准备晚餐。我负责搭建临时处所。安芬在出去干活前,先对这个处所进行了规划——在草地上搭一个塑料薄膜帐篷。

"或者叫塑料大棚吧。"她用手比划着,说:"带来的塑料薄膜充分利用,大概可以做成一个半人高、一张双人床见方的大棚。注意接口处要用针线缝制牢靠。这是细活,所以要抓紧做,不要等天黑了,看不清楚。就地砍几棵直一些的小树干,做支架。搭好篷子后,就干粗活,在四周垒一圈不低于膝盖的围墙,你瞧,河道里有的是石头,有力气你就搞大一些,七八个平方最好了,没力气就搞小一点,只要围墙倒下来石头扎不到帐篷就行了。如果还有时间的话,在围墙外,再堆放一些柴草,万一夜里气温太低,我们就烤火。"

说实话,这是一个让人兴奋的创意。我立即开工。安芬则拿着一个空背包,出去找她的活儿了。过了好一会儿,她满头大汗地回来了,把沉重的背包往地上一放,说:"没找到水,但是找到了固体的水啊。"然后把包里的东西倒在地上,竟然是大大小小的冰块。她指指后方说:"就在那个方向,是河谷的低洼处,大大小小,成百上千的坑洼,里面全是冰和积雪。我猜想那冰下面说不定有鱼虾呢,呵呵。"

因为找水并没有花太多的时间,所以安芬就在附近收集枯树干草,一堆一堆地摆放在帐篷不远处。后来又帮我搬石头。我开始垒围墙的时候,安芬用三块方石头搭建了一个简易的灶台,在下面升起柴火。然后把大的搪瓷盆子放在火上,一个锅就成了。安芬把冰块装进锅里,开始做饭了。等我干了一会儿活,一抬头,一幅无比生动的场景像中世纪大师的一幅巨大的写实油画,光彩夺目地悬挂在我的眼前。

油画的色调是金色偏红,夕阳温暖地包裹着一场世外的生活。柴火跳跃着,忽明忽暗,不断地漂染着安芬宁静而专注的脸。石灶上,白色搪瓷盆子里的冰已经变成行将沸腾的水,袅袅热气在不紧不慢地升起,然后消失在安芬头顶上方的半空。安芬的衬托是火红的枯树丛,千枝万条,每一根都反射着华丽的晚霞。远处是大山,低处黝黑,中间雪白,高处则因为晚霞的照映,华光万丈。高空中,西边的落日(不过我看起来更像是在东边)推送着稀薄的云影,呈现扇状的辐射形到达河谷的上方。云彩到达不了的另一半天空,则是幽幽的蓝,一轮弯月已经清晰地挂在那里。正是在这月亮与云彩交替处的天空下面,在我和她的身旁,我搭成的塑料帐篷也被石墙合抱着,静静地坐落在草地上。我定格在石块垒砌的围墙边,一手抓着一把工具刀,一手抓着一根树干,沉迷着,遐想着。

安芬回头看了我一眼。她的眼睛在夕阳中一闪,她轻轻地招呼:

"嗨,呆了?"

"嗯。"我说。

"呆了就呆了吧。"

"嗯,真呆。"

我扔下刀和树干,直直地走过去,在她的身后跪下去,然后从背后搂住她,把自己的脸颊贴在她的毛衫上,贴在她的后背上。

安芬没有动,而是继续烧着晚饭。她的每一个细小的动作,都通过她的背传到我的脸上,然后输送到全身。而她的呼吸,她的心跳,她的血液奔腾的喧哗,甚至她情感涨涨落落的韵律,都像暖流向我的耳鼓汇聚。

"安芬,我们这是在哪里?"过了好一会儿,我轻声说,"难道这是天堂吗,是我们心里遥望的天堂吗?"

安芬的声音传来,婉转而又空旷。她说:"呵呵,你真会想,世上有天堂吗?"

"有。"我肯定地说。安芬没有回答,片刻之后,我又说,"可能,没有吧。应该是没有的。"

柴火噼啪噼啪地在火焰中炸响。安芬说:

"对吧,没有。"她沉吟道,"但我从小迷信这个,相信今生没有,前身和后世,总归会有一个的吧。"

"现在难道不是吗?"

"当然不是。"

"如果我觉得就是呢?"

"那就是吧。"安芬仰面喊了起来,"天堂,你是吗?"

然后她哈哈大笑。

天完全黑下来。安芬的锅里已经散发出浓郁的面条和火腿肠的香味。安芬说:"可以开饭了,孩子,你该从我的背上下来了。"

我有些窘。好在黑暗会掩盖一切。我站起来,感到膝盖都麻木了,感到身体都麻木了。唯有思想在安芬的周围,像她的柴火一样跳跃着,温暖着,唯恐被黑暗吞噬。

"安芬、安芬!"

我突然有许多呼喊她的冲动。她哎哎地答应着。我们并排站在一起,凝望着石灶里的余火。我们的身后,是帐篷,黑暗中俨然就是一个完整的小屋。

"这个,算是成家吗?"

我的话打动了安芬。她在黑暗中转过脸,把它轻轻地蹭在我的胸脯上。

"是的,成家。"她说。

当我低下头贴紧她的额头时,她微微扬起脸。黑夜的眸子里,闪烁着两颗星星。

(十一)

晚饭后,我们在灶台边保持了明火。安芬从行李堆中翻出长方形的压缩包,拉开侧面的气嘴,压缩包马上膨胀出几倍大。展开后原来是一个羽绒睡袋。安芬带着睡袋进了帐篷。过了一会儿,她喊我进去,说:"不钻睡袋,夜里会被冻死哦。可睡袋不够宽敞,你要脱了衣服才能钻进来的。衣服盖在睡袋上面,我的衣服都垫在睡袋下面啦。"

我说要不我和衣睡在睡袋外面。安芬说:"不行,两个人在一块,冻死的概率降低一半。这个常识不懂吗?傻蛋!"

我乖乖地脱光衣服,钻进了安芬的睡袋。睡袋真的有些紧凑,如果两个人都平躺着,则需要一个人的胳膊甚至一部分身子,叠加在另一个人之上。安芬顺着我的身子,摸了摸,说:"你不老实。"我问:"怎么我不老实?"安芬扑哧笑出声来,说:"说好把衣服全脱了,你却留着裤衩儿,怪不得这空间不够用,原来是你私自夹带衣服进来呀。我可是什么也没穿啊。"

她说完抬起一只腿,用脚趾夹住我短裤的下角,使劲往下一蹬,我的裤衩便到了膝下。然后我配合了一下,稍稍环起腿,安芬便把它完全脱去,落在睡袋里。

"这才平等啊。"安芬得意地说。

这真是一个奇妙的创意之夜。塑料帐篷几乎是全透明的。我们与世界赤裸着在一层羽绒的两侧。起初我还有些局促,手脚不知道该怎么摆放。安芬一一帮助我搬弄好,使我和她自己的身体顿时服帖。黑夜显得无垠,只有远处的山峰冰雪有些许微弱的反光。世界同时也很安静,一丝风吹草动、一声虫鸣都是没有的。世界仿佛到了一个庄严盛大的神圣仪式之前的一刻,屏着声息,等待着一场壮观。

那轮钩月已经跑得很远,也许已经到了大山的某一边。浩瀚的星空在帐篷上面展开。星星真是多啊。星星真是亮啊。星星也真是活跃啊。此时在我的眼里,它们都是活生生的,闪个不停,动个不停。我想起一个女诗人的话,她这样说星空和自己:星星向我蜂拥而来。还有一个老诗人,说那是天上的街市,那里的人们在提着灯笼赶集。在我小的时候读到这些诗句的时候,我多么惊喜世界是有好多层的啊。至少不是我一个人希望的,许多人内心也都是这样认定的吧。

我和安芬久久地这样并列躺着。在各自的沉默和遐想结束之后,我们小声地讨论羽绒外的世界。安芬说科学把人的认知扩大了,可是相对于无限的宇宙,这种扩大其实是一种缩小。我说这个话很哲学,可是怎么理解呢。安芬解释说,科学为人们脱缰的想象设置了一个理性的限制。比如本来人们认为,月亮上面看到的是一座广寒宫,里面虽不热闹,却住着天仙,夜里,天仙向人间传达着她的相思情。你说千百年来,这样的认知陪伴了多少寂寞的心,安抚了多少伤心的情啊。可是到了20世纪70年代,美国人跑上去了,下来后告诉我们,别胡思乱想了,那上面什么也没有,连空气都没有,你看到的就是荒山而已。这多么世故多么残酷哦。从此人们失去了对月亮的问询。诗人、艺术家,甚至失恋的姑娘,再也无法对着月亮表现才情或者倾诉愿望了,因为美国佬严谨地说,那,只是一堆荒山而已。

安芬说这些时深深地叹息着,她的语气有着听似平淡其实撕裂的失望。遇上安芬的这段短短的日子,她给我的印象一直是简单快乐的,这种感觉甚至使我忽略了她的年龄、身份,和她的美丽背后有怎样的阅历。当安芬几乎踮着脚铆足劲向我索取那些爱情故事的时候,我甚至都没有想过对她说：安芬，说说你自己吧。

难道我在这一刻之前，内心真的一直都是死亡的吗？当我对他人的一切漠视，失去一切对外问求的兴趣的时候，当我总是处在自身的寒冷中，只对他人向我输送体温残留一点苛求的时候，是不是意味着我即将形同僵尸，或者已经成为僵尸了呢？

想到这里，我侧过身子，抱住安芬。安芬温顺地转动身子，背对着我，以使她的身体与我的身体的弯曲一致，成为更熨帖的一对。我的一只手捂在安芬绵绵的小腹上，一只手从她的头颈之间穿过去。安芬嘴巴嗫嚅了几声，是一种惬意的信号。我的那只在她身前的手，被她抓起，轻轻安放在她的乳房上。

在这样的亲密依偎中，我突然产生了一种旷世的悲悯。我想起日本摄影大师小野洋子，和她与约翰·列侬那张传世的合影，当他们几乎赤身裸体躺在一起之后的夜晚，其中的一个就被枪杀了。"我并不畏惧死亡，那只是从一辆车登上了另一辆车。"列侬对自己的命运也许是有预感的。但是他有没有想过死亡往往是一个人的换车呢？他是否想过一个人登上另一辆空荡荡的车，这辆车晃荡着往前，丝毫不会在乎任何一辆车的追逐呢？

"你在想什么？"安芬的话打断了我的思绪。

"没有。"我说，"我什么也没有想。"

安芬挪了挪身子，让自己与我贴得更紧。

"如果世界上只有你和我，可我们又不得不分离，然后只剩下你，或者我，在分离前，你最想做什么？比如，现在吧，也许明天早上，我们中就有一个醒不过来了呢。"安芬在黑暗中问我。我想了一下，说："当然是想尽快地知道你的一切，一切的一切。"

"你真的想听我的故事吗？"安芬继续问我。我没有吭声，只是点点头。背对我的安芬未必看见我点头,但是她收到了我拥抱里力量的加强信号。

"我比你大这么多岁,我的故事一定比你多得多。"安芬握住我按在她乳房上的那只手,说:"我是一个婊子……"

我赶紧制止她再次使用这个疯狂的自我称谓。

(十二)

羽绒睡袋中的安芬,讲述自己的故事的时候,声音很低沉的,也可以说是有些过于冷静,或者平淡,就像在自言自语———

亚布林山并不真的就是一座山,它其实就是我家乡那座北方小城的名字。在我小的时候,这个城市有一种奇怪的产业,就是用铜啊铝啊铁啊什么的,铸造各种各样的动物以及人物,大大小小,猪牛马羊,蛇龙兔猫,拿破仑、孔子、关公和财神。这些动物和人物被刷上五颜六色的漆,销往全国各地。据说亚布林山市过去大炼钢铁,留下了许多小的废钢铁作坊。20世纪80年代后,亚布林山唯一的高校——亚布林山职业技术高等专科学校,几个教授上书市长,建议废物利用,把这些废作坊就地改造成金属工艺品铸造厂,或许能拯救和发展一下地方经济。市长就采纳教授们的建议,照做了,这一做还真做成了,金属工艺品铸造在后来相当长的时间是亚布林山的经济支柱产业。那个叫李志华的女人,就是那个产业链条中的一员。

那个女人，对，我说的就是我妈妈，长得挺风骚的。印象中，她有一个比我现在细得多圆得多的腰，屁股比我翘，个儿大概比我矮一点点吧，眼睛有些深陷。眼珠是那种咖啡色的，比较淡。远处一看，她的目光总是弥散着的，一点也不聚拢，不集中。打量男人的时候，就像一把霰子枪在射击。许多男人喜欢她，被她射中。我不记得我有父亲，李志华警告我说，别问，那个他早就死了，你那时还在老娘我肚子里呢。也因为这个，这些男人就可以大大方方、肆无忌惮地喜欢她。他们到我家里来做客，跟她吃饭，喝酒，接着火抽烟。然后进小卧室。这个时候，我就在外边不到十个平方的小客厅，把小黑白电视的音量调得大大的。男人们进进出出都很开心。有时候会给我带一包点心，有时候会给我十块钱，说宝贝真漂亮，真乖。他们走了后，我才能进卧室睡觉。我们家只有一个卧室，那时候一个工人可以分到筒子楼里带一个卧室的福利房。通常我进去睡觉，她总是躺在床头抽烟，有时候还看见她眼泪巴巴的。看到她哭，我就想躺到她身边去，喊她几声妈妈。可她会瞪着眼睛说："滚一边去，睡我脚头。"我非常委屈，就在她的烟味和脚丫子味中睡觉了。

有一天晚上，家里来了一位贵客。他长得黝黑、肥胖而高大，说话像打雷一样高亢，每一句都带"我的个妈呀""真熊呢"。女人眉开眼笑，一连声巴结说，厂长赏光啊，厂长这么忙还关心我啊，厂长您坐啊。厂长把提在手上的一块猪肉掼在桌子上，声震如雷地说：

"我的个妈呀，荔枝花，客厅连个沙发也没，你还真艰苦呢，家里弄成这样寒酸呢，真熊呢！"

大家都喊她荔枝花，荔枝花李志华，李志华荔枝花。荔枝花回应："是的厂长，没办法啊，我一个女人家，没办法啊，那点点工资，还养个讨债鬼丫头，穷得没办法啊。厂长您给做个主吧。"

"我的个妈呀,荔枝花,听说你生活作风有问题啊,有男人在外头吹嘘啊,真熊呢。"叫厂长的男人向我伸出双臂,要来抱我,我吓得躲到一边,厂长哈哈哈哈地笑,说,"荔枝花啊荔枝花,这娃也不小了,做妈的要像妈,要做个好榜样啊,真熊呢,别把乱糟糟的男人往回带啊。"

女人说,是是是,厂长教育的是。

"我的个妈呀,这才像话嘛!"厂长提高了嗓门。然后推开小卧室的门,说:"我的个妈呀,你太艰苦了,这房子太小了,真熊呢。"

女人赶紧上去拉住他的手,摇晃着撒娇说:"厂长啊,好哥哥啊,你可要关心啊,你看,我娃子这么大了,眼看着月经都要来了,还跟我挤在一张床上。"

然后女人就蹲下身子,哭了起来。厂长说:"我的个妈呀,别倒猫尿尿了,只要你听厂长的话,好好做人,我发话,提个副科长换个两室的不成问题,不是个啥事儿的。"

女人从地上跳起来,上去就亲了一口厂长的黑脸。厂长咧开嘴笑了,把女人往卧室里一推,说,"我的个妈呀,别弄老子一脸口水,进去进去,陪我抽支烟,好好商量一下吧。"

我一个人待在外边看电视,里面女人往死里叫,后来又大声哭。我就不断调高电视的音量。一个瘦女人声嘶力竭地唱,好像一只蝴蝶,飞进我的窗口。有一个老女人声嘶力竭地唱,白云奉献给蓝天,长路奉献给远方,我拿什么奉献给你呀,我的爱人。再一个胖女人声嘶力竭地唱,我爱你,北方的雪,飘飘洒洒,漫山遍野。一个女人走了,一个女人又登台。卧室的门还是没有开。我看到桌上那块肉,几只苍蝇在上面飞来飞去,就找了一个苍蝇拍子,追赶着打。打掉一只,又来了两只。打飞两只,又叮上去一只。我打得很累了。卧室的门还是死死地关着。于是我就拖了两把椅子,拼在一块儿,躺上去睡着了。第二天早上醒来,卧室门还是老样子,关着。我就对着门喊,妈,我上学去了。门里没有回应。于是我就背着书包,空着肚子上学。等我饥肠辘辘地放学回到家,卧室门总算开了。床上凌乱不堪,衣服被子掉了一地。我赶紧进去收拾。女人从厕所里,光着身子出来,说你回来了,饿吗?我说饿。女人说,我这就烧饭,你歇着吧,别收了。女人走到我面前,从我手上抢过衣服,找她的内衣。我突然看见她眼睛红肿,身上青一块紫一块的,一只乳房上还有一块咬伤。我的心里跟着那只乳房疼了一下,我就问,妈,怎么啦,这人把你怎么啦?女人粗暴地把我往外一推,说,做作业去,瞎看什么看,你不懂,问什么问,废话!

那天中午,女人煮了昨晚厂长带来的那块肉。她自己吃得很香。我们难得吃上肉。我夹了一块,可是往嘴里送时,突然想起了昨晚拍打苍蝇的情景,就有些恶心。于是又放下了那块肉。女人恼火了,说为什么不吃。我说苍蝇叮过的。女人用筷子敲我的脑袋,说瞧你瘦的,猴精一样,跟你那个死老子似的,一把骨头还他妈的忌嘴,没营养看你怎么发育,到时候,要胸脯没胸脯,要屁股没屁股的,死相,看哪个男人会正眼瞧你。

我就是不肯吃。女人凶起来了,夹起一大块肉,塞在我嘴里,说你他妈的以为吃一顿肉容易吗,我让你挑食。她站起来,从后面揪住我后脑勺上的头发,逼我仰着脖子,咽下那块肉。我呛得要死,开始呕吐。女人松开手,用力推了我一把,说,你怎么不早点死掉,这么不懂事,孽种。然后自己坐在那里,把筷子扔到地上,生闷气。

好在那黑男人以后来,就再也没有提过肉。隔三岔五,我大概在椅子上睡了三四个月,我们家终于换到了一个两室房。搬家那天,女人亲自上街买了两大块肉,还有许多菜。厂里来了许多人帮忙,大家都不吭声,默默地干活。等到饭菜的香味出来后,干活的人就全部走了,厂长这个时候就出现了。他提着两瓶白酒,怀里抱着一套床上用品。他把白酒往桌子上一放,把床上用品往荔枝花的床上一扔,说:"我的个妈呀荔枝花,你床上那旧不拉几的东西,不要用了,淘汰给你娃娃吧,咱们今天换个新的,真熊呢,新房新被褥,整他娘的个旧把戏呢,哈哈。"

搬家的晚上,厂长喝得像死猪一样。荔枝花把他拖进自己的卧室,然后把那套新被褥扔到我房间的小床上,说你换个新的,有自己的房间和床了,以后自己收拾,没事就在自己房里待着,做功课,别给我丢脸,连初中都考不上个像样的,我可对你不客气。

我就回到自己的房间。女人当晚把两块肉全煮了,一碗晚上吃,一碗分成若干小碗,送新邻居们,打个招呼。楼里住户大多数都是同事,全都赔着笑脸,说谢谢谢谢,荣幸荣幸,互相关照,共同进步,爱厂爱家,建设四化。

荔枝花把一碗肉分完,回来的时候带回了一个男孩,比我高好多。荔枝花兴高采烈地介绍说,这是顶楼的谈默,谈默就腼腆地笑笑,说,你好我叫谈默,住七楼709。荔枝花又介绍说,人家是最好的中学的学生,物理课代表呢,是吧谈默?谈默就腼腆地对我说,你好,我是市一中高一(5)班的谈默,我不是物理课代表,我是生物课代表。荔枝花大惊小怪地说,生物课代表,更了不起了,今后你要多带带小妹妹啊。

谈默红着脸说,生物是副科,小妹妹现在还学不到,要到初中才有。荔枝花还在大惊小怪地说,初中呀,早点预习,小妹妹一定要早点预习,安芬你要拜谈默哥哥为师,让他辅导你功课,人家可是一中,一中那可是后门连着大学前门的。我就上去拉拉谈默的手,说:"你好谈默哥哥,我是安芬,学习不太好,拜你当老师吧。"谈默吓得把手缩回去,说:"安芬同学你好,我们要互相帮助,共同提高。"

我们正说着,厂长不知道怎么酒醒了,出来找卫生间,挥挥手说,快滚,你们吵死了。谈默吓得掉头就走了。荔枝花就说,啊呀,别吓着孩子啊,让他跟安芬交个朋友,以后出差多,她一个小娃娃在家,我不放心。

"用不着这么客气。"厂长一挥手说,"这小子跟他妈一样,蔫不拉几的,老实,我叫他干吗他不敢不干吗,真熊呢,熊也熊不起来。"

女人荔枝花换了有两个卧室的房,当上了厂里的销售科副科长,经常陪着厂长走南闯北去推销那些动物铁疙瘩。谈默就被厂长指定,在他们出差的日子照顾我。

"你好,我是谈默,住在709的谈默,我爸让我来辅导你的功课,管你学习。"荔枝花搬家后第一次出差,谈默敲敲我家的门,主动过来照看我。我就在门后面问,你爸是谁啊。

"我爸是谈海龙啊。"

"谈海龙,谈海龙是谁啊?"

"谈海龙是我爸呀。"

我在门后面哧哧笑起来。我说,还什么课代表呢,说话都不会说,绕了半天还是没说清楚你爸是谁。我拉开门,见谈默局促不安地抱着一堆书站在门口,像犯了错误一样低着头。我就逗他说:"谈默哥哥,不把你爸是谁说清楚,怎么能当我的老师呢? 我们谁帮助谁啊?"

"互相帮助。"谈默把手中的书送到我胸前。

"互相也要有互相的本领啊。"我说,"你话都说不清楚,还不敢抬头,怎么当老师管别人?快说,你爸是谁?"

"你见过的,那天你见过的。"谈默依然闷着头,说,"我爸是谈厂长谈海龙,我爸经常在你家的。"

我搞清楚了原来谈默的爸爸就是厂长谈海龙,谈海龙就住在七楼。我有点生气了,就把谈默往外推,谈默的身子就使劲往前倾。于是我一松手一闪身,谈默就哐当一下扑倒在客厅地板上,几本书散落了一地。谈默从地上爬起来,额头上马上肿了一个大包,脸憋得通红,眼泪在眼眶里直打转转。他瞪了我一眼,掉头就出门,拐进楼梯走了。我关了门,把书一本一本捡起来,一共有七本书。一本《在人间》,一本《木偶奇遇记:匹诺曹的故事》,一本《张海迪》,两本很旧的《小学生课外文选》,一本《小学生快速学英语》,还有一本《普希金诗选》。我把这些书拿到自己的小房间。这时候,敲门声又响起来。我拉开门,见谈默又来了,后面还站着一个胖妇女,想必是他妈妈了。

"对不起,安芬同学。"谈默的眼睛红红的,肯定哭过了。额头鼓出来一大块,看上去特别滑稽。他的脸瘦刮刮的,几乎没有什么肉,这个大包就显得特别突出。我差点没忍住笑起来。"这是我妈妈。"他说,"我妈妈来给你赔礼道歉。"谈默的妈妈就上来拉我的手,拍我的脑袋,说乖乖长得小漂亮了,你妈妈老漂亮了,女相不离娘呢。说你们两个要团结进步,互相学习,不许搞分裂。说这是谈默爸爸谈厂长交代的光荣任务,我们要一起努力完成。她还让我锁了门,去她家,小孩子晚上不要一个人在家住,可以跟哥哥一起学习,跟她一起睡觉。然后又吓唬我说,"这个老楼里深夜经常闹鬼的,一楼最角落,哦那个115房间以前住着厂里的老翻砂工老吴,他上吊死的,死了好多年了。那房子分给谁谁都不肯要,现在夜里还是经常听到那房子里传来老吴的咳嗽,掐住嗓子的那种咳嗽,我的个妈呀,吓死人了,真熊呢。"

这下我撑不住了,就收拾书包跟他们上楼,去了他们家。谈默家有好多房间,谈默一个人有两个房间,一个卧室,一个专门学习的书房。我们就在书房里做功课。功课做完了,谈默就问我,你有什么不会的可以请教我。我说,没有。我每天都是胡乱地把作业画完,然后就去看电视,我要看《大西洋底来的人》,要看《上海滩》,要看《射雕英雄传》,要看霍东阁和陈真。谈默的妈妈在客厅看电视,我就去陪她看电视。谈默妈妈一边看一边骂,我也一边看一边骂;谈默妈妈一边看一边笑,我也一边看一边笑。谈默妈妈很多时候在哭,我很多时候觉得没什么可哭的,就不跟着哭。谈默妈妈抹着眼泪,起身去厨房。过了一会儿,她端出来两碗糖水鸡蛋,我和谈默一人两个,吃完就分头睡觉了。

那天夜里,我突然被一阵嚎叫吓醒,以为楼下吊死鬼老吴果真闹鬼来了。可醒了之后发现嚎叫声来自床那头的谈默妈妈。我正吓得手足无措,灯亮了,谈默开门进来。他说,别怕,我妈妈有羊角风,碰巧今天发作,安芬同学你别怕。然后,谈默不慌不忙地上来,用大拇指掐住了他妈妈的人中。掐了一会儿后,他又突然松开手,"啪啪"地抽了妈妈几个耳光,然后再去掐人中,再抽耳光。

我在一旁吓呆了。我怯怯地说,谈默哥哥你怎么能打妈妈呢?

谈默回头瞪我一眼,说,你走开,你不懂,就别看。

谈默妈妈正在痉挛和呕吐,几轮掐人中和抽耳光过后,她就安静了,好像又睡着了,呼吸也均匀了。原来谈默妈妈年轻时是厂花,后来被当时的厂长睡了,睡了两年之后厂长怕惹麻烦犯错误,赶紧把她介绍给了青年工人谈海龙。谈海龙是一名积极要求上进的青年,对厂长的安排完全服从,于是就跟厂花结了婚。两年后有了谈默,再两年后谈海龙当采购科长了,再两年当副厂长了,再两年当厂长了。厂长谈海龙开始在心里为厂子里的媳妇排魅力座次,然后一个一个地攻克,变成自己床上的战利品。他老婆受不了,谈海龙厂长就对她采取了一系列帮教措施。首先是严厉地指出这位昔日厂花的历史污点,然后请出老厂长对其劝诫开导,再次是拳脚相加,惩前毖后,最后是让她进入第一批下岗队伍,回家相夫教子,但是享受在职工人待遇。谈默妈妈从抗争到哭闹到忍受,最后认命,老老实实地当起了贤妻良母,但是患上了癫痫,人也迅速发胖,一个风流美女变成了臃肿的老实主妇。这些是若干年后我才弄清楚的。当时我吓坏了,在床头坐了好久,才睡下。第二天一早,谈默妈妈又笑眯眯地喊我起床,为我们做早饭,好像夜里什么都没有发生一样。

(十三)

"我是不是扯得太远了?"安芬在羽绒睡袋里换了一个睡姿。我顺势把胳膊从她颈子下面抽回来。我的胳膊麻木了,在空中甩了几甩,才慢慢感到了血液的流动和神经的舒张。

"我听得入神了,看来,这个谈默一家,对你的人生来说,真不一般。"我说,"你说点什么,我都愿意听,就好像我沉湎到你过去的生活里了。"

"那不过是我人生的开始。幸与不幸,都是从那里开始的吧。"

"起点,是的,是起点。每个人会从一个属于自己的起点出发,自觉地疼痛,或者不知觉地平淡。"

"是吗?"安芬可能正准备长篇大论,可是我们几乎同时感觉到一种亮光来袭。安芬把头扬了扬,把胳膊伸出睡袋,用手向上一指,喊了起来:"快看,飞碟,一定是飞碟。"

一只,两只,三只,大概有十来个闪亮的光团,从黑黝黝的大山后面翻过来,向下移动。我们同时坐起来,盯住那些光团看。那是一种类似奥迪汽车大灯的光色,但不是放射状的,而是雾化似的柔和地散发成一团。它们排列成V字状,最前面有一个领头光团,比其他的要大一些,也许是走在前面,距离我们近了,视觉上要大一些。它们的确向着我们的方向而来。先是顺着对面的山势,好像滑雪一样滑过来。到了远处的平地上,变得很缓慢,在树林里迟迟疑疑地移动,并经常打乱它们的排列。然后穿过丛林,走进河道,向我们运行而来。

我有些恐惧,浑身的汗毛都站了起来,身子却不由自主地往睡袋里探。安芬却表现得异常兴奋,嘴巴里哦哦哦哦地发出轻声惊叹,然后一跃而起。我赶紧拽住她的一只光胳膊。她却丝毫不理会,光溜溜地滑出了睡袋,并拉开帐篷的一角,迅速蹿了出去,向着光团群跑去。

"安芬……"

我想制止,可是根本来不及。我想跟着上去两步,追上她拉住她,可我不知为什么此时连胳膊都无法动弹。那一刻我像中了某种邪咒,眼睛看见,头脑清楚,却无法行动。

安芬在微弱光亮的黑夜里向前奔突,她的身体矫健,反射着美丽的运动光芒。那些光团终于发觉了黑夜中突然出现的安芬,它们立即静止住,一动不动。当安芬与它们越来越近的时候,它们同时四处散开,向各个方向飞快地滑行。我看见安芬盯住其中一个追去,她的速度快得让我不敢相信自己的眼睛,不久她的身体就无限接近那个被她盯住的光团。她与光团几乎重叠起来了,从我这个方向看去,她的身体被挡住的光亮勾勒出一个曼妙变化的耀眼的轮廓。那种美在死一般寂静的无人旷野的黑暗中,简直就是霹雳斩开坚固沉闷,顷刻激流奔腾进大地,奔腾进我惊大的瞳孔。

紧接着,我看到安芬朝着光团扑上去。所有的光团在她扑上去的那一刻,立即同时消失了。天地间立即又变得黑暗和沉寂。空间复又变成一块巨大的坚硬的寒冷的板块。

我的血液几乎凝固了。这短暂的约莫一分钟的光景,发生的这突如其来的事情,简直让我的思维无法追及。

过了大概一刻钟,安芬的身影才出现在帐篷前。我赶紧喊,安芬,你快进来,冻坏了,冻坏了吧?安芬没有立刻进来,而是返回到石头墙边,在做晚饭的灶台边重新升了一堆明火。她在火堆边蹲了一会儿,才慢悠悠地掀开帐篷,钻进了睡袋。

安芬的身体是滚烫的,并且有些汗津津的潮湿。她兴奋地喘着粗气,我怕她吓坏,就反复呼唤着她的名字,并侧身抱住她,一只手轻轻地梳理着她的心口。过了一会儿,安芬开始答应我的呼唤。她也侧过身来,面对面地贴着我的身体。同时,她的手也在我的后背轻轻地揉着。我感到后背心开始发热,然后滚烫。这股热量慢慢地向身体四处扩散,迷迷蒙蒙地渗透。那种感觉一如刚才那些光团散发出的光,很亮,却不刺眼,很热,却不灼人。这种热化开了我的身体感觉,并把我体内的一种新鲜的涌动唤醒。我的眼前突然出现了江南的小镇,田园,密不透风的玉米林,开满野花的田埂,后背上熨帖的温暖大地,头顶的蓝天,土地的腐朽之腥,汗液的香甜和青涩……我身体奔突,就像刚刚安芬冲出去的一瞬,就像青春期来临的那一刻迎面对着少女马力的摇晃。我带着摇晃奔突,很快就发现自己已经深深地淹没在安芬的体内。不知何时,安芬在我的体下,我伏在她温暖柔软的身体上,依然像刚才看着安芬奔跑在夜色中那样,惊奇万分地放大瞳孔,看得见自己冲进了安芬的身体内部。

我把嘴贴上安芬的嘴,吸纳着陌生的清甜。

"安芬,你冲出去的那一瞬间,我爱你,我想喊出来我爱你,可是我不知为何不能发声,无法动弹。我爱你,安芬。"

随着我的一声声呼喊,安芬向上扬起了上半身,头颈与我绕在一起。我从来没有感到自己的脖子是这么柔软和绵长,我感到它一圈一圈地环绕,与安芬打了一个又一个结。然后这些结把我的潮涌拦截住,并反推向下,通过心脏加压提速,轰隆隆地冲向身体的下游,并在那里越蓄越多。最后,它们终于冲开了堤坝,排山倒海地追随着我先前的奔突,注入了安芬那片波澜壮阔的世界。

我真的感到自己像一汪奔流,在途中过早地结冰,甚至接近干涸和死亡。终于有一天升温化开,融汇进了汪洋。风雨过后,海洋舒展开来,享受安宁恬静。我久久伏在安芬的身体上,不想任何过去、未来、生命和死亡的体验。孤独是零度以下,当心灵升温之后,冰川消融,我找到了我的海洋,并被它护航和拥纳。我睡着了,梦中,眼前的花开得一丛一丛,风把花粉播散得到处都是,它们在任何地方落下,附属,结晶,滋生新的鲜艳和芬香。我看到马力长大了,当她从花丛中走来,走向我的时候,她的裙裾一路沾上的花粉,与她脸上的雀斑一样,剥落,飞去,散播。她变得成熟而有风韵,脸上挂着羞涩的笑容。她的周身有着环绕的色彩,它们就是我蜡笔下的无数根线条,一层层青春期盼、遐想、冲动、单纯和付出的决心。我说,马力,我一度真的以为你遭遇险恶,僵硬地躺在收尸担架上,背对蓝天和我惊恐的眼光,从此我的青春发育就被你的惨烈腰斩。今天,当我呼喊着向安芬奔突的时候,我觉得对于青春的记忆也许是一场错觉,那不过是一个噩梦对吗?你,如今一定在黑夜的某个遥远的地方,或者眼前,与你的爱人私语着,缠绵着,梦游着。生命总有一头是好的吧。世界的任何角落,总会有太阳照耀的机遇吧。

眼泪流淌着,热热的,在安芬的胸脯上汪汪地成为一片。安芬拽拽我的头发,我醒来了。我吻着自己的眼泪,我说:"安芬,我爱你。我终于找到了你,是现实还是梦幻,是天上还是人间?"

"不管在哪儿,都不重要。"安芬吻着我瘦削的肩膀,说,"找到才最重要。"

我流着眼泪说:"我以为我永远不会找到。我几乎不敢奢望在活着的时候找到。"

"我知道这真的是你的第一次。"安芬吻着我的眼睛,用舌头一点一点地舔去我的泪水。"如果我从此帮你捡回了自己,那我就会坦然接受这份爱。上天安排的邂逅和温存,终于送到我的面前。我以为我不需要,以为我需要可永远不会有机会得到,可你出现在这里,我们同时出现在这里,同时找到自己。我们是多么幸运啊。我爱你。"

我们开始接吻。安芬翻到我的身上,小心翼翼地拾起我,推进自己的体内。我洋溢在一片温软与甜蜜里。安芬并不焦躁,而是半刻才似有似无地动几下。更多的时间,她的唇贴在我的耳边,讲述刚才的追逐。

"那不是飞碟,我们的世界里有鬼有神,就是没有什么外星人。"安芬说,"多少年前,我看过一本书,说人是一种偶然,生命是一种偶然,地球是一种偶然。这种偶然的本身,就排除第二种偶然,即另有人,另有生命,另有地球。所以,人有天生孤独,生命本来孤独,地球绝对孤独。"

"我不想知道那么多抽象,只想理解眼前。"我的双臂抱着身体上的安芬,抚摸她的丰腴。我催促她快把刚才光团的奇遇说下去。"那不是科技,不是外星人,是什么呢?"

"我很小的时候,就听亚布林山老家的老人说过这种东西。"她几乎是吻着我的耳垂,说,"老人们说,先人的金银财宝埋在地下久了,会行走,特别是在旷野中的黑夜,它们会游走在地下并适时走出地面,游走在空气中,它们其实是金银财宝的气息,是它们的灵魂吧。如果是金子,就是一团金光,如果是银子,就是一团白光。老人们说,谁发现了这些东西,并成功追逐到,谁就得到了财气,一定会大富。按照这个理解,我们刚才看到的就是银子。"

"你是说,我们要发财了?"我笑起来,我说我可从来没有想过要去发什么财。

"是啊,我狂热地想过发财,但是我早就不缺钱了,发财愿望不存在好多年了。"安芬说,"我觉得老人们世世代代的推测与解释,局限在财物,是因为我们祖先的时代太穷。我不认为那是财气之光。"

"可那是什么呢?像动物一样滑行,停滞,观望,判断,逃散。"

"那应该是一种愿望团,或者叫情感团,信息团。"安芬说,"更具体地说,也叫分类了的灵魂团。我不认为人死亡后,一个人就是一个灵魂,依然像今生这样,世界里全是零碎的人,单一的个体。人死后灵魂会接受身前的教训,自动寻找与自己趋向一致的灵魂,进行归类组合。灵魂是人生前最强烈的一种未了愿望的后世延伸,同类的组合在一起,形成灵魂团,也就是同一愿望群,它们就有了合力。比如,如果有的人一生没有得到她向往的真正的爱情,死后她的灵魂其实就是一个爱情愿望,她会找到许多其他的同样纯洁的爱情愿望,组合起来,成为一个华光四射的美丽的爱情光团。"

我又一次在安芬的体内奔突尔后平静。我说:"亲爱的,按照你说的,刚才的那些都是灵魂团?那你是得到了灵魂下的气息,还是加入了它们?你追逐到的那个光团是什么样的灵魂呢?"

"我当然是得到。"安芬说,"如果我是加入,那么我现在就是死了,是一具灵魂。你摸摸我,亲爱的,我是不是真实的?还是仅仅是一束光?"

安芬有圆润的臀,摸起来非常丰满;有一个光滑的背,摸起来非常柔和;有一对坚挺的胸乳,在我的掌中跳跃。有实在的体温,向我传递着温暖。有唇语呢喃,细语流芳,耳鬓厮磨,交合难解。安芬给我的真实实在太确切了,尤其是今夜,尤其是先前,尤其是现在。即刻,我恨不得立即再次进入,用身体去表达这份爱,是真实,而不是灵魂。

"如果是灵魂的话,那一团被你追逐的光团是什么属性呢?"我故意逗安芬说,"天才?美貌?财富?尊贵?还是爱?"

"爱。"安芬咬了咬我的耳垂,娇娇滴滴,拿着腔调说,"我按住了它,我说,给我爱,给他爱,给我们爱!我扑在光团里的时候,突然醒悟,这些光团之所以寻找到如此遥远而又空旷中的我们,其实就是收到了我们强烈愿望的信号,于是前来给我们追逐愿望的机会呢。所以我一下子追上去,扑上去,尽管那一刻光团消失了,我重重地砸在地上,但是我还是说出了我的愿望,并匍匐在那里祈祷。"

"真是——神奇啊。"

这一刻,我似乎无法不相信安芬的话。安芬从那团光里回来后,我们之间发生的跨越关系,是我一点也没有预料到的。遇到安芬的几天,我虽然有些自来熟地黏着她,但我从来没有想过,安芬会在某一刻成为我的爱人,而且,我的身体竟然奇迹般地听从某种召唤。一切,并没有需要任何看起来合情合理的过渡。

从前,二十四岁本命年的我,一直是一个没法使身心真正进入爱的小男生。

(十四)

"你如何受伤,也许把你的故事说完,会更好一些。"她说,"我不想依偎在你的断断续续里。"

夜空依然是寂静的,经过光团的突然造访,身外的世界看似依然,而身里的世界,以及我和安芬之间的那点世界,在一点一点地发芽,换季,变暖。我们彼此讲述自己的过去,变得主动而迫切。安芬说,她将不再告诉我关于谈默家的那么多细节了。"我完全地倾听你,比那个更重要。"

"我跟马力的故事,并没有在她被抬进运尸车后结束。"我说,"那不过是一个噩梦的开端。"

马力家的灭门惨案发生的第三天,一辆县城公安局的警车,开进了惊魂未定的小镇。在小镇派出所警察的陪同下,警车慢慢地穿过几个巷子,兜来兜去的,像是在侦察,又像是在观光。后面跟了越来越多的好奇的人。最后车子和人群在我家的门口停下来。

我正在院子里做暑假作业。那几天,除了睡觉,我就是在写作业,可是我的作业写来写去,一点进展都没有。我的本子上几乎没有什么字。我的脑子一直定格着马力僵直的身体被拖到车子里的情景。

停在我家门前的警车上下来几个警察。脸上长满疙瘩的小镇派出所矮个儿警察,大家多年来都叫他疙瘩长官,走在最前面。进了我家院子,疙瘩长官径直走到我的小桌子边,俯下身子看看我的作业本子,尖叫起来:"嗨嗨,嚯嚯,这孩子,一个字也没有,本子上一个字也没有,这半天在卖什么呆的?"

我不耐烦地白了他一眼。疙瘩长官口腔中的气味,烟,酒,猪头肉,腐烂的韭菜,一波一波地排出来,我呼吸的空气变得浓稠而浑浊。他摸摸我的头,嗨嗨嗨地干笑起来,说快喊我一声叔叔,以后你小子说不定要叔叔我关照呢。

我生硬地扭过头去。这时,另外两个警察,去屋子里喊出了我的母亲。其中一个手上拿着一张纸头。我瞥了一眼,顿时头脑里噼里啪啦地炸开了。那正是前天我送给马力的画像呀。

他们把我喊进屋子。我妈妈指着警察手里那张画,问:"孩子,这是你画的吗?你这是画的谁呢?"

"马力,我的同学马力啊。"我说,"是我送给马力的画像,毕业前,我给所有的同学都画了一张像。马力这是第二张。以前画的她不满意。"

警察们互相交换了一下眼色,收起了那张画。妈妈一下子如临大敌,哭了起来,说你没事不好好学习,画什么无聊的画像啊,这不是没事找事吗。

疙瘩长官就劝说道:"啊呀大嫂,不要这样激动好不好。没什么了不得的,他去去,跟我们去去,配合一下调查啊,很快就会回来,很快,我保证。提供出有用信息,帮助破案,是伸张正义啊,公民人人有责的。"

妈妈扑通一下跪在疙瘩长官面前,哭着央求说:"我这孩子腼腆,胆小,你了解的呀叔叔,求你们别带走他。有什么事情在家问不行吗?"

我连忙上去扶住妈妈,说:"妈妈我不会有事的,你起来吧妈妈,警察叔叔问什么,只要我知道的,我一定全说,一定说全,起来吧妈妈。"

就这样,我被带上了警车。大概一个小时的工夫,警车开进了县城,在一栋挂着看守所牌子的破楼前,把我扔下,交给看守所的两个警察。一个高个警察把我铐在楼梯扶手的钢条上,七手八脚地脱我的短裤。因为是夏天,我只穿了一件平角短裤,如果脱了,我就光着下身了,所以我拼命地反抗,把身体往下赖。我说叔叔你干吗脱我,干吗脱我呀,我就这一件裤衩呀。高个就给了我一巴掌,说,"你个小流氓,想死啊你,老子让你干吗你就干吗,别耍赖。"我被打得眼冒金星。楼梯边上另外一处还铐着一个女的,身子瘦瘦的,但脸有些胖,大概比我妈妈年轻一些,后来知道她是因为超生,已经铐在这里一夜又快一天了,脸上被蚊子叮得全是包包,肿得厉害。她就骂高个警察缺德,怎么整人家孩子,太不要脸了。高个儿劈头盖脑打了她几个巴掌,说你别多管闲事,这里哪轮到你一个犯人说三道四。然后他坚决扒下了我的短裤,提着短裤,说臊死了臊死了,快步跑着送到了等候在那里的警车里。

我感到天昏地暗,全身颤抖,手脚失去知觉,头上不断往下流冷汗。那个女的就伸出一只没被铐住的手,边替我擦汗边说,孩子别怕,孩子别怕,他们就是粗暴,心眼不坏,不会冤枉好人的,一会儿就好了,一会儿就过去了。

我哭起来。我说不是来说说情况就行的吗,怎么拷我,还扒我的衣服呀。我昏天黑地地哭着。女人就不断地帮我擦泪,不断地对我说,孩子,没事,真的没事的,孩子。

大约过了半个时辰,女人的老父亲送水和吃的给女人。女人就让她爹给我喝水,然后老人家又出去帮我买了一条新短裤,给我穿上。天黑下来好久之后,我都不知道自己是睡着了,还是昏过去了。我在梦中不断地驱赶着蚊虫什么的。我的身体开始抽搐个不停。脑袋周围像有一个高压电磁场。一会儿就电击我一下,一会儿就电击我一下。我睁开眼睛,我从睡梦中惊醒的时候,或者说从昏迷中被电击醒的时候,我突然发现自己被人拨拉着下体,然后我彻底醒了。我看见高个警察拿着一个大手电,对着我的下身照着,我的新短裤被扒拉到膝盖以下,高个蹲在那里,用手指翻看着,喷着满嘴酒气嘿嘿嘿嘿地笑着说,小流氓,果然长了两根小毛毛。我吓得尖叫一声,就失去知觉,什么都不知道了……

讲到这里,我浑身颤抖起来,那种这几天消失了的身体的恶性反应开始回来,胃部加速蠕动并疼痛起来。

安芬赶紧搂着我,吻着我的额头、嘴唇、脖子和腹部。我渐渐平息下来,然而万分的疲惫和虚脱降临到身体上,我就昏昏沉沉,很快睡着了。第二天醒来,太阳洒在我身上之后,我才能有力气,三言两语把这件事讲完。

警察带我走是因为死者马力口袋里发现了我的绘画;扒我的短裤,是为了提取物证,供法医检测用的,因为马力尸检结果虽然没有受到性侵犯,但是她的内裤上沾有精斑。后来证明,那些精斑的确是我的。他们就来带人审讯,在解开我的手铐时,高个警察就好奇地察看我的小鸡鸡。后来,他们详细询问当时玉米地里的情形、马力平时交往的情况、她妈妈的情况。我把知道的都说了。几天里,我发高烧,昏厥,胃痉挛,四肢发冷并抽搐。它们只好把我送到县城人民医院住院。住院期间,县公安局的局长,一个满脸严肃的胖子来医院看我,向我报告案子已经破了,这件事跟我关系不大。还说,看守所那个粗鲁的高个警察受到了处分。然后又教育我,并对我的父母说,小孩子玩过家家要适度啊,现在的孩子发育快,营养好,从小要让他们树立远大理想,培养文明作风、遵守道德规范啊。

我出院后回到家,全家人一个夏天都沉默不语。有一天,我的爸爸从外面喝完酒回来,看到我呆在饭桌前,在一张纸头上涂涂画画,他突然发作,像疯狗一样撕了我的纸头,揪着我的头发,提起来,把我摔在地上,咆哮着说,你竟然还敢画画,你他妈的竟然还敢画画,你吃的苦还少吗？你他妈的还不够丢老子脸吗？你这个不学好的畜生。

他解下自己的皮带，往死里抽打我。我用胳膊挡了一阵，后来感觉被抽到的地方都是没有疼痛感的。于是我一声不吭，坐在地上迎接皮带的挥舞。直到我妈妈冲进来，替我挡住皮带，他又抽了我妈妈几下子，才罢手。可是，我妈妈把我拉起来时，发现我的下身全潮湿了。我犯病了，小便失控，浑身战栗，四肢麻木。从此，我的这些毛病就一直纠缠在我的心里，我的身子骨里。随着年龄的增长，我的另一个毛病变得特别严重，就是滑精。

"每次都是没有什么征兆，随时发生，冰凉冰凉的，流过之后浑身就虚脱了。"我说，"我知道，真正的我已经死了，我从此活在一个躯壳里。"

"你不是一个躯壳，你很好的，我从今夜握到了你的灵魂。"安芬坐起来，把我的头放在她的大腿上。"我从来没有这么美妙过，虽然我经历过许多男人，我甚至觉得自己真是一个婊子，或者天生我就是一个婊子，肉体麻木，心灵枯萎。但是今夜我完全不一样。如果一个人确切地用身体体验到生死之爱，才叫初爱，那么今夜一定是我的初夜。"

"是的，你的初夜我的初夜。"我讷讷自语，"我们的初夜。"

我对自己身体的认识，简直是惊天动地的变化。就在这一刻，我的身体完全不是自己的身体，准确说，完全不是自己曾经的那个身体。大学里的女朋友蓬蓬，剪着人见人爱的日本学生头，面颊永远是潮红的。她替我洗了一年多的衣服。大二的寒假，我来到她在胶东半岛的家。那是一个多么美的家啊，站在她家的小二楼上，从窗户往外望去，高大的海洋植物，向大海的方向铺张着，远处是海洋深蓝色的水线。阳光夹带着咸咸的风，在潮汐的浪声中起伏，一波一波传递进小楼。蓬蓬在我的面前，一件一件地脱去衣服，印着日本插画图案的白色T恤衫，绣着精美小黄花的乳罩，紧身低腰的Lee牌牛仔裤，裤子划过的大腿皮肤上，留下了几道晕痕。"就剩一件了，我的傻瓜。"她娇嗲地说着，从窗台的晾衣架子上抽过一条洗晒的混蓝的被单，把自己的身体和我裹在里面。我的手触到了她的裤衩。她拿过这只手，把它挤入小裤衩的里面。我在那里平静地站着，贴着她赤裸的身体，感受到了时间的流逝，以及她身体里涌荡出来的汗水。好久之后，她羞愧地哭泣起来，从被单里走出来，胡乱地穿上衣服后，走出房间，下楼，去车站为我买了一张回南方的票。

"你在羞辱我。"不知是第几次，在后来的日子，蓬蓬至少有三次在我面前袒陈她的身体。她在发胖，从第一次见到她的身体，可以隐隐约约看到腰部以上的三根肋骨的鼓起，到后来那里完全平复，甚至随着身体的扭动，出现了美丽狭长的小窝……我见证了蓬蓬，一个在学生时代刻苦学习而忘记发育的少女，在进入大学后迅猛发育的过程。爱情？我们牵着手走在城市大街小巷的爱情，我们合着一个大碗吸溜锅盖面的爱情，我们在录像厅一起观看《大鱼》和《本能》的爱情，我们坐着火车，在地球的夜幕下一起飞奔到彼此家乡的爱情，难道不是真实的吗？可是，我似乎没有想过尝试长时间的拥抱，接吻，对着少女裸体唤起艺术作品里描绘的激情和占有冲动。我们甚至好几个夜晚，在一个被窝里躺着，夜晚也是这样静谧的，她的体温也是这样灼热的。她贴着我的身体翻转，又翻转，她的喘息声越来越大，嘴巴里的热气在我的脸上凝结成细微的水珠。我拍拍她的身子,说宝贝睡吧,睡吧,我困了。我故意闭上眼睛。我感到后背凉风飕飕,我抚摩着臂弯里的身体,然而,我什么知觉也没有。在黑暗中,我竟然感到马力冰冷的尸体就贴在我的后背上。我出了一身冷汗,坐起来。我拉开灯,蓬蓬眼泪汪汪地瞪着我。

"你在羞辱我。"她还是那样说着,一遍,两遍,三遍。

"你不爱我吗?"她反复这样问。我摇摇头。"你真的爱我吗?"我毅然点点头。

有两次,她甚至粗暴地把我的脸,按在她的乳房上。

我流下了委屈的泪水。她惊恐而又狐疑地看着我,默默地钻回被窝。最后,她说:"你要是抛弃我,我就死。"

我去抱她。她把背对着我。我从后面抱住她。她瓮声瓮气地说:"如果你真的爱我,我也爱你的克制,你是非凡的男子汉。如果你在羞辱我,我一定会死,要么,做一件让你死也后悔的事。"

"少女通常会这样的,尤其在初恋。"安芬听到这里,忍不住插话说,"那个年龄,你并不能说清楚怎么回事,她也无法理解。所以,会是一场错误。一万个人会有一万种爱,包括起因、进程和结果,没有什么定式的。"

我那时最怕听到"死"这个字。我说:"难道我这样的一个人值得你死吗?"

蓬蓬坚决地点点头。

真的,与蓬蓬在一起的日子,我每天似乎都处在一场巨大的苦痛挑战中,这像是一个中风半身不遂的人,坚决地走在悬崖边的风雨中,连一根拐棍都没有。只能做着枉然的挣扎,妄想走得正常,走出距离,走到平安的目的地,享受奋斗和冒险后侥幸成功的喜悦。可是没有,那里没有路。蓬蓬再美妙再热情的身体,也不会驱散我脑海中翻腾的死亡气息,被裸露的下身顿挫的耻辱记忆,坚实的皮带,飞舞在半空中的疼痛和麻木……我在许多的那一刻,丢失了自己。每当我需要一个身体和一个灵魂的时候,我便陷入一种空洞,无论怎么努力,我双手抓住的,一定是空气,可能连空气都没有。

蓬蓬终于离开我了。她不再穿牛仔裤,她穿短裙,两条雪白的腿部穿丝袜,裸露着,在空气里散漫着青涩的放浪。在校园小卖部,我遇见她。我们真的好久不见了。她没有半点生涩的样子,像从前与我正常约会那样,上来笑盈盈地把我拉着就跑。在宿舍楼的拐角处,一个昏黄的路灯站在那里,等待着倾听我们短暂的一场谈话。

"你知道我现在干什么吗?我打工,每天晚上出去打工。"她得意洋洋的样子,摇头晃脑,故意弄出一种显摆的架势。

"蓬蓬,你为什么要打工呢?晚上一个人出去,多危险啊。"我替她着急,"你也不缺钱用啊,干吗要这样苦自己呢。"

"我是不缺钱啊,我也没有说我打工是为钱啊。"她说,"为放荡,我在大富豪夜总会陪男人们喝酒唱歌,他们没有不想上我的,不像你这么有涵养,哈哈。"

我几乎无法把这些话跟她联系到一起。我气呼呼地看着她,久久说不出一句话来。

"你看你看,我的原男友,你睁大眼睛看看。"她索性伸出胳膊,撩开大腿,还拉下领口,示意我仔细看她身体上的细节。借着灯光的照射,我看到那些部位散布着很重的斑痕,淤青,甚至整齐的咬印。

"你知道吗,这是一个上市公司总裁的杰作,他说他看到我就失控,啧啧,快六十岁的老男人了,还像个小公鸡似的。"她喋喋不休地说着,"已经连续点了我八天的台了,要我出台,你知道出到什么价了吗?三万,哈哈,三万。他问我,你是处女吗?我说,本小姐是处女,处理过的女人。他说,好好好,还可以加价,女人嘛,青春无价之宝啊,处理不处理都很名贵,值。我说,大哥,什么无价之宝啊,我送给男朋友,他都不肯要的。上市公司总裁哈哈大笑,说,不奇怪不奇怪,我见的女人千姿百态,你遇的男人天壤之别,人有三六九,世界大不同。"

  我的心都快痛碎了。我站在路灯下,一句话也说不出来,眼泪哗哗地掉下来。蓬蓬咬着牙看着我,一会儿也陪着我掉泪。过了好久,她说,我不要再见你了。以后,我真的就见不到她了。她退学走了,听同学说,她当了那个男人的情人,被总裁派到他的广东分公司上班。我没有阻拦她的勇气。我恨透了自己,即使是一个街头的小痞子,也能为了女友与别人打一架,挥舞挥舞刀子。我为什么不能到大富豪夜总会去把她揪出来?可是每当我产生这样的冲动时,我的退堂鼓就敲响了——即便我这样做了,可是我揪出她之后又怎么办呢?我彻底地崩溃了,每天在图书馆对着一大本油画画册发呆,在被窝里昏天暗地地睡觉。我就是那时候迷恋上捷克和波兰人的艺术的,摄影,油画,黑白线条画,当然还有墨西哥人的血色绘画。我发觉了这三个民族与其他所有民族,在表达上的迥异。是不是因为他们更脆弱,记忆里埋藏更多的伤害、灰暗和苦闷?他们在我的想象中,一如我自己,那般游离不定,身处夹缝,时常无所适从。我对着他们的作品发呆,在图书馆摊开的地图上睡觉。我的大学就这样,一呆一呆地过去了,一觉一觉地过去了。

我以为我一生就会这样过,事实上,一直到毕业,到毕业之后的两年,到接到亚布力思的一个油画获奖通知,我都是这样度过的。为什么我会遇到安芬,然后不知不觉地跟着她,满亚布力思闲奔呢?为什么在这样一个野外的夜晚,我完全变成了另外一个自己,并进入安芬的身体,狂热地从自己的过去突围了出来?是什么力量在修复我,怂恿我,成就我呢?

"生活要有为什么,不能太多为什么。"安芬又一次成功拦截住我的思绪。她说,"不想那么多了,不想那么多了,天亮了,我们的队伍向太阳,说走咱就走啊,天上的太阳像笆斗啊。"

她不断地伸展着身体,打着哈欠,不断用手抚摸我的身子。我不断地被电着一般。她说,"可能,你就是为等我,才从沉睡中醒来的。说不定,我就是马力,你青春伤痛中的马力,我从那里回来,把你救出来。"

"你当然不是马力。"我哈哈地笑起来,说,"马力跟我是同学啊,她死了多少年了,就算生命出奇迹,她没有死,也不会是你这么老的女人。"

"放肆放肆。"安芬叫起来,"说我老女人,我找把刀去,切下你的小弟弟,做一道荤菜野炊。"

闹腾了一会儿,太阳越来越高,帐篷里越来越热。我们俩都从睡袋里钻出来。我穿了衣服,安芬看着我,目光含着温情。"在阳光下,你有些陌生。"她说。她不穿衣服,在睡袋上坐着,说:"我要一个日光浴。你也好好地看我,把我的身体记到你心底里去。"

安芬的身体，就是我糅杂了无数绘画人体审美记忆里的身体。在阳光的照耀下，肌肤干净，色调晕红。过了一会儿，她出汗了，肤色更有滋润的光泽。塑料棚在野外果然精彩，安芬的创意使我们突破了与世界之间的某一些屏障。当我们彼此看见自己的一部分时，我们就能够彼此进入一部分。对她的身体，现在我一点也不感到生疏。她在眼前散发出的气息，如今夜看到的光团。她唤起我的亲切，感动，温馨，唤起我的爱和能力。她也许就是从我的纸上走下来的，从我的记忆里复活来的。我觉得她的每一根线条，其实都在我的记忆深处，灵魂深处。

我一直在那里呆呆地欣赏安芬的身体。安芬应该是我认真注视过的第四个身体吧。前面大概有穿着裙子的小女孩马力，美院人体写生课上的不知名模特儿，大学里追求过我的女生蓬蓬。可是，马力可能还不能算，模特儿大概也不能算。至于蓬蓬留给我的缭乱记忆，宛如穿过一方荆棘，最终伤痕累累却依然没有能够突围。安芬带给我的，也许才真算得上我第一次激情而又坦然的面对。

不管安芬的身姿如何变化，我发觉她总是用右手护住她左边的乳房。那样子看起来，她像是为自己做一场虔诚的祈祷。这种祈祷有些像欧洲中世纪尊贵者的外交礼仪，也有些像信徒正对着上帝做信誓，不，应该是伊斯兰教徒对真主说着心语。安芬发觉我在打量她这个动作，把眼睑低垂了下去，像一个做错事的小学生。我有些不解，试图问询其中的寓意。安芬抬起目光制止我发话。

"这里是我不想让你看到的地方。"她说。然后她用另一只手去寻找她的衣服。我赶紧过去为她穿上内衣。内衣套住安芬的半个身子时,她才肯把她的右手从左胸前拿出来。

"还要等等,你才可以看。"她解释道,"我要确信哪天,我会有勇气平静地把这里的故事讲出来。"

"好的。"我边接受着她对我额角的亲吻,边说,"一切顺其自然。"

趁着她一件件穿衣服时,我去帐篷外找了一块平滑的卵石,找了一块尖厉的石头。然后我回到帐篷,重新在安芬面前坐下来。我用尖厉的石头在平滑的卵石上刻画安芬。等我粗略地刻写出作品的轮廓后,我改用工具刀,认真地雕琢作品。我的双臂充满了从未曾有过的力量,画作很快就刻制完成了。线条深入石头里,至少有两个毫米。我说,这个作品的名字叫《安芬的怀抱》。

"太具体了吧。"安芬接过石头,边把玩,边动脑筋的样子,然后才说,"石头是不朽的,以后就是岩画了。哈。应该叫,叫怀抱,或者叫爱吧。可是,我张开双臂,抱的是什么呢?我怀里什么也没有啊。"

"有的。"我指着画面,那上面安芬被画得肥硕些、宽大些,她打坐着,一双腿交叉成一个莲花座。她的胳膊在自己的胸前环成一圈,做紧紧搂抱状。乳房的一小部分在胳膊后面跳跃着,整个乳房就很容易被欣赏者想象成火苗,那么也许我们会把两个乳头,附会成火种。有了火种,由乳房和胳膊环抱成的怀抱,也许才真正算得上是温暖的吧。

安芬说的没错,看起来她怀抱里并没有什么。"抱一个人容易。"我说,"没有爱,灵魂一定不会永远在此停留。"

"你是说,我抱的是灵魂?"

我说是。安芬再次搬回石头,看了半天,说:"这个灵魂是你吗?你是说你是一个灵魂?像今夜的光团里的一个肉眼看不见的微粒?"

我点点头。然后我们两个都忍不住笑起来。安芬说矫情啊矫情。

我说为赋新画强作情啊强作情。安芬不知道什么时候,偷偷咬破手指,把血往画作的乳房上涂。

"我听说岩画就是这样传下来的。"安芬懂的还挺多,"古人就是用血,涂在刻痕上,血色浸入到石头的肌理里面去,几百年上千年,都会有颜色。当然他们用的大概是猎物的血,也不排除用敌人的血,或者阵亡同族的血,甚至自己爱人的血。"

我也用刀划了一下手指,把血滴在画作上。

"一定会是爱人的血。"安芬坚定地说。

看起来这已经是一件完全的艺术品,凝聚着我们两个的鲜血。安芬示意我把刀交给她。她接过刀,用刀尖指着画作中左边的乳尖,那两只夸张了的肥硕的乳房上的鲜红的乳头中的一只,说:"如果这是画的我的话,这里应该是这样的。"她的刀尖坚决地切下去,半个乳头便被铲掉,露出半截白色的伤口。

"为什么啊?"我惊讶地看着她。

她冲我笑了一下,说:"因为我就是这样的,这是刚才我捂住身体,不让你看到那一点的原因。"

我的心轰隆隆地响起来。我明白了。也就是说,安芬左边的乳房,乳头是有残缺的。

"这像是我青春的图腾。"安芬拉开衣服,我看到了她左边的乳房,的确有半个乳头残缺掉了。"它是我的记忆书,过于深切,所以要留在身体的显著部位。"

我把头在安芬的胸前埋下去。我轻吻着她的残缺。

"我们走吧。"不知过了多久,安芬站起来,并顺手把我也拽起来。

然后,安芬把途中捡的那块石头,跟这块一起,摆放到地上。我们收拾东西上路。安芬建议不要拆帐篷,留在这里做个纪念。我觉得这个主意好,说说不定今天还会绕回来住。

"最迟到中午,我们必须返回,没吃的了。"安芬说,"藤乡能找到的希望毕竟是渺茫的。我是过来了好多次的人了。"

(十五)

河道里除了石头,还是石头。太阳开始升高的时候,这些石头大概齐心合力地反射着热量。眼睛看着高处的雪峰,身体的信号却是暖热的。不过,这样的河道似乎为了让行走者足够乏味,而足够地漫长着。我们一直在走,它们的风景就一直没有变换。

"干脆,我们把各自的事情,那些憋在心里曾发誓永远不会说的事情讲完,这样路就有尽头了,甚至藤乡就来到了。"安芬建议说,"我先说,要不然我说自己是婊子,或者不让你看那只乳房的时候,你的瞳孔里总是流露出脆弱、惊恐。"

我说,我听你的。

于是,她就接着夜里的故事,讲述起来。我们的脚步声,呼应着心跳和语速,像打着节拍。她说:

随着谈海龙和荔枝花一起出差的次数增多,我与谈默母子相处得越来越熟悉,熟悉到谈默妈妈在床的那一头发病,嚎叫,痉挛,口吐白沫,我也常常能安然地睡觉,有时候都不会醒来。谈默在我面前,也不再害羞羞的。我们一起做作业,一起吃饭,一起出门上学,在上学路上才分开,他去他的中学,我去我的小学。除了那栋楼里的人,外面的人都以为我是谈默的妹妹。是的,我有谈默这个哥哥多好啊。荔枝花每次出差回来都说,"嗨,丫头,你有谈默这个哥哥多好啊。"我都不犹豫地点点头。我一度甚至都不回家住了。荔枝花很满意,谈默的爸爸也很满意。他说,"丫头,你赶紧长大,长大了就嫁到我们家来,谈默喜欢你,我们两家就可以并成一家了,那多熊啊。"

谈默平时沉默寡言,但是跟我在一起的时候,话变得越来越多。他喜欢看课外书,然后把这些书的内容,一件一件地讲给我听。哪一天,如果他没有什么可讲的了,我就会说:"谈默哥哥,今天的故事呢?"谈默就傻在那里,抓耳挠腮地望着我,然后就去翻自己看过的一大堆课外书。他会想着各种法子,弄一段故事来,给我说说。有时候,我说,重复了,哥哥这个故事重复了。谈默又傻在那里,里面的书已经给他底朝天不知翻过多少遍了,没有什么故事可以从这些纸堆中榨取了。他就皱着眉头想,然后吞吞吐吐地编起来。不久,谈默学会了编故事,真真假假,看来的、听来的、自己编的,搅合在一起,常常把自己讲得都很迷糊。有时候,也把自己讲得很兴奋。有时候,我听着听着就睡着了。谈默就趁机溜了,他妈妈就过来,把我抱上床。第二天早上,我醒来后,也许是闭着眼说,谈默哥哥,后来呢?有时候,谈默会把我摇醒,说我还没有讲完呢,你怎么可以睡觉呢。我就振作精神,开始重新问,谈默哥哥,后来呢,后来呢?

其实,那时候听什么故事也许并不是太重要的,谈默讲的无数故事,我又有多少能记住的呢?生活不是由这些故事组成的,但是生活是由讲故事组成的。多少年后我明白,我要的不是故事,要的是讲故事,要的是谈默讲故事。"谈默哥哥,你讲个故事吧。"当我做完作业,或者吃完饭,把碗推到一边,心里的愉悦就从那里开始。无论他已经得意地准备了大段的故事,端坐在那里就是等待我这句要求,还是他毫无准备,被挖空了记忆,干着急地徘徊,我的快乐都会来到。夜晚的灯光填空在我和谈默之间,谈默书房里那些看起来像是办公用的旧家具,反射着幽幽的光。谈默开始讲故事,目光投入、激烈,不像是生活中那么腼腆、怯弱。他的唇上有一抹颜色还是很淡的纤细的胡须,下巴昂起来的时候,隐约能看见挂着许多青春疙瘩。有一些疙瘩上面都是小小脓头。又一次,我说,谈默哥哥,我帮你把那些脓疙瘩挤掉吧。谈默听了之后跳起来,满脸腓红,结结巴巴地说:"你别,安芬你可千万别,那个,不行的,那个是生理现象,挤不掉的!"我不相信挤不掉,就追着谈默。谈默吓得满屋子跑,我跟在后面追,两个人闹成一团。

谈默边跑边说:"你追不到我的。"

我说:"你逃不掉的,你爸爸说我要嫁给你呢,你逃不掉的。"

谈默站住,用椅子挡在身前,说:"胡说,我不会娶小孩当老婆的。"

"我马上会长大。"我爬上椅子,谈默吓得赶紧离开椅子,说:"那时我已经成老头了,不成老头也早就结婚生儿子了。"

我一屁股坐到椅子上,就哇哇哭起来。谈默的妈妈就推门进来,问谈默怎么欺负小妹妹了。谈默说我没有,她自己要哭的。那天,谈默的爸爸正好在,他跟着进来,看见我哭,上去就给了谈默一耳刮子。谈默不吭声,僵住了。这一耳刮子吓得我一声不敢吭了。

事后谈默好几天对我不理睬。我就央求他,"谈默哥哥,我想听个故事。"

"没有。"谈默不冷不热地说,"都讲完了,我还要做功课呢。"

"不讲我就哭了。"我威胁他。谈默下意识地环顾四周,忽然狡诈地笑起来,说:"哭吧,匪首不在窝。"

我没有听懂什么意思。谈默又重复了一句,并解释说,"我爸爸不在,谁怕你啊。"

我就真的哭了——那时可真怪,在谈默面前,我要是想哭就很快能哭出来,其实心里并不是哭的感觉,反而满是得意。这一哭,果然成功了,谈默说行了行了,我讲我讲,但是你别碰我的疙瘩。我说,谁要碰你的疙瘩啊,脏死了。于是他就讲故事了。我们的关系恢复了以前的亲密。

有一年暑假前的一个晚上,谈默的妈妈感冒,早早地睡了。我和谈默做完作业,我从书包里掏出一张期末试卷给谈默看。试卷上的分数是96分。谈默说:"啊呀,安芬小妹你考得不错啊,快100分了呀。"我又掏出一叠试卷,摊在桌子上,谈默的眼睛瞪大了,惊叹说:"不错啊,不错啊,比我小学里还好呢,全是90以上啊,还有两个100啊。"

自从跟谈默一起做作业,我的学习成绩越来越好。我听说谈默在那么好的中学,依然是尖子。我是谈默的妹妹,将来还要嫁给谈默的,怎么能把自己的学习弄差呢!我当时就是这样想的,跟谈默在一起太开心了,我不能比他差。于是,我的学习成绩就这样,一天比一天好了。

谈默也把他的试卷掏出几张来,摊开给我看。我一看,更傻眼了,四张卷子,居然只有一张是98分,其他三张,都是100分。

那时候,我们很开心。像模像样地说了一些相互表扬彼此鼓励的话。后来,我又闹着要听故事。谈默说,你不是小小孩儿了,怎么还是天天闹着听故事。我说,听故事还分大人小孩吗?故事又听不腻味的啦。谈默就说:"我给你的那些书,你自己都看过了吗?有些故事。还是自己看感觉好,或者看完了,我们还能讨论的。"后来我们就讨论故事,讨论到《木偶奇遇记》的主人公匹诺曹。我说,匹诺曹是一个木偶,鼻子怎么能一会儿短一会儿长呢?要是人的鼻子真能变化就有趣了,谁一撒谎,鼻子马上变长,就给人揭露了。可惜人不会这样,人什么想法都是能装的,更不会有哪里会随着想法而变化。

"我不同意。"谈默反驳我说,"人有些地方,有时候就跟书上写的一样。不一定是鼻子。"说完,谈默的表情忽然变得紧张兮兮的,他说:"不相信的话,就把你的手给我。"

我和谈默在桌子的一角坐的。谈默从桌子下抓到我的手,放到他的短裤里。我碰到一个热热的小东西。谈默低声教我抓住,说这其实跟匹诺曹的鼻子没有两样的。我的手上全是汗,我紧张得浑身颤抖起来。我想逃脱,可谈默死劲按住我那只手的腕子,不让它出来。我们都给吓坏了,互相盯着对方的眼睛,谁也不吭声,只听到对方的喘息声越来越急促。谈默的脸像烧起来一样,变得剔透地红……

那晚,我没有敢再回到谈默的小书房,直接就到谈默妈妈床上睡觉了。我老半夜没有睡着,第一次失眠。以前荔枝花跟男人们在卧室又吵又闹腾,我在外面沙发上都能睡着。可这次我没能睡着。我的心慌慌的,脑门四周像有静电一样,电来电去,麻酥酥的。我还在心里不停地问自己,既然匹诺曹的鼻子是因为说谎,变得长长的,那谈默那里因为什么变化的呢?难道他那一刻是对我说谎了吗?我想第二天醒来要好好问他。可第二天早上,谈默看到我,就躲躲闪闪的。我想,一个人撒谎,他一定不喜欢别人就此问来问去。我就没有去追问。

好在,这件事过去也就过去了。我们又一如既往,做作业,吃饭,上学,急救谈默妈妈的羊角风。说实话,后来回想起来那段生活,几乎只有谈默,和他妈妈偶尔的羊角风。谈厂长,荔枝花,我们的那些亲人,好像都顿然消失了一段时间。可能他们也是乐于消失吧。这期间,大概只有两件事,能够记得清楚细节的。一件事是,谈默爸爸有一次忽然带着荔枝花回来吃晚饭(我那时意识中七楼谈默家就是我家),吃着吃着,他忽然嘿嘿地笑起来,起身从自己的行李包里,拿出一件衣服,在灯光下展开了,说:"这是给我儿媳妇儿买的衣服,上海卖的正宗的上海时装,我的个妈呀,杂志上都有这衣服图片的,穿着的还是个洋妞呢,真熊。"

那是一件细碎野花图案的连衣裙,抖开后,散发着新布料子的清香。我看了一眼就喜欢。我忍不住笑起来。谈默妈妈对谈默爸爸说:"裙子好看,但你不要自作主张,人家是不是你的儿媳妇,将来可不是你说了算,这又不是你厂子里的事。"谈默爸爸说:"当然是我儿媳妇,这件事我跟荔枝花商量过不止一百遍了。"

荔枝花赶紧表态:"是是是,就是我家丫头高攀了,多好的孩子,多好的谈默啊,比爸爸帅,上那么好的中学。"

那晚我很开心,把裙子穿了一遍又一遍。晚上荔枝花破天荒把我接回去住。她在镜子前,打量了半天我穿新衣服的样子,咂咂嘴,说:"漂亮,不一般的漂亮。"

"什么漂亮啊?"我问荔枝花,"是裙子还是我人啊?"

荔枝花不紧不慢点燃了一支烟,对着镜子里的我,吐了七八个烟圈,说:"小妖精,当然是裙子漂亮啊,你还没发育呢,有什么漂亮不漂亮的啊。"

另外一件事就是谈默考上大学那年,也是晚上,谈厂长在饭店摆了几桌,大家庆贺,喝得天昏地暗。我坐在荔枝花和谈默之间的位置上。谈默总是趁着别人闹酒不留意的当儿,夹一个新菜给我吃。亚布林山有一种山鸟蛋,大小介于鸡蛋和鸽子蛋之间,真的很好吃,香香的,面面的。亚布林山人发明了一种培育这种山鸟的办法,使得山鸟蛋产量大增。然后又发明了七八种山鸟蛋的烹调食用方法。其中一种方法是把鸟蛋煮得三成熟,然后在缺形的地方敲掉一小块蛋壳,灌进去一些特制调料。这些灌了调料的蛋被固定、排列起来,再放到笼子上蒸熟。这些蛋的味道,就特别鲜美。我特别喜欢吃这种蛋。晚上正好有这道菜。谈默一会儿就给我拿一只,一会儿就给我拿一只,我一连吃了五只。谈默又为我弄到了第六只。我刚把山鸟蛋往桌上一敲,蛋壳发出脆响并开裂的同时,我感到一股热流,突然出现在身子下面。我一惊,第一反应就是谁把热汤泼到我座位上了吧,就赶紧站起来,向身下看。这一看不要紧,一看完全吓傻了。我哇地叫出声来。我的座位上,那只包着淡米色布面的椅子面上,有一汪鲜血。我的裤子也是湿漉漉的,红了一大片。

荔枝花和谈默同时转头看见了。荔枝花一把拽住我,把我往椅子上一按,使我重新坐到湿漉漉里,示意我不动声色。然后,对谈默挥挥手说:"谈默你别看了,妹妹发育了,男孩不可以看了。"谈默慌忙掉过头去。我手里捏着第六只被敲破壳的山鸟蛋,呆呆地坐在那里,什么胃口也没了。

晚饭后,大家都散得差不多后,荔枝花就对谈默说:"谈默,你妹妹来红了,走不出去,你是男孩子,脱个光膀子不要紧,把汗衫脱下来让你妹妹缠腰间,遮一遮屁股吧。"谈默赶紧脱汗衫,他爸爸突然板着脸,一把扯住他的汗衫下摆,不肯儿子往下脱。荔枝花愣住了,看看谈默,又看看他老子。黑黑胖胖的谈厂长说:"我的个妈呀,荔枝花,你不能这样护你女儿,脏我儿子的汗衫,就不怕孩子倒霉?真熊,你真熊啊你,孩子刚考上,到南方上大学我正心揪揪的呢,你咋想起来这么个脏主意?"

"啊呀,还讲这个啊,这哪是什么脏啊,八竿子打不着的,迷信迷信。"荔枝花嬉皮笑脸说,"这什么呀,没有这个讲究的,何况安芬还是谈默的媳妇呢。"

"你别不知天高地厚,扯那么远干什么,干什么。"谈厂长一手拽着谈默的衣服,一边把谈默往他老婆身边推。谈默妈妈一把接过谈默。我求援似的望着谈默妈妈,说,"阿姨,我……"话没说完,谈默妈妈在我面前,第一次拉着脸,骂了一句老小都不要脸,拉着儿子就走了。厂长瞪了荔枝花一眼,也跟着老婆孩子屁股后面走了。

荔枝花气得砸了一个杯子,然后三下五除二,就脱了自己的衬衫,替我缠住腰,遮住屁股。荔枝花只穿着一件小背心,两个奶子被勒得活灵活现。她叼着一支烟,大摇大摆地带着我,乘公交车回到家,一路上不知道招惹了多少鄙薄目光。回到家,一关上门,我就挨了荔枝花一巴掌,她骂道:"死样你,早不来晚不来,弄到人家酒席上来,害老子受气!"

我委屈地哭起来。荔枝花跺着脚说,"哭你妈个头,都成人了,以后给老子小心点你。"

(十六)

安芬讲到这里停下来,眯着眼看前方。我还在故事里兜圈子,我说这难道跟乳房,跟残缺的乳头,跟看到我瞳孔里的脆弱有什么关系吗?

"当然有关系,只是还没到那一步。"安芬指着眼前,说,"故事,还有,可现在我们的路,没了。"

我看到河道已经消失,在拐了一个弯之后,眼前出现了一个巨大峡谷。

"如果是丰水季节,这里一定是河水跌下去的地方。"安芬用一个夸张的大动作比划着,"从对面看,这里也许是世界上没有被发现的大瀑布。"

对面果然有一个半空中的平台。平台看起来很大,也许有几十平方公里,青青的一片,上下都笼罩在云雾中。平台的后面是群山叠嶂,近处的山可见雪峰,远处的仅仅是中国画一般的墨线。平台下面的峡谷深不见底,隐藏在朦胧之中。

"对面的平台,或者平台的背面,我总觉得就是藤乡了。"安芬把背包放下来,又帮着我取下背包,然后选了一个视线不受影响的地方,坐在了地上。"我看到这个平台至少三次了,每次都感觉走错路了,但这次觉得,那里就是藤乡。真的,我觉得我与藤乡一步之遥了。"

我眯缝着眼睛,仔细看了又看,远处、近处、高处、低处、清晰处、云雾处,就是看不出什么名堂。

"每次的来路也不一样。"安芬说,"以前我都是从一个山翻到另一个山,然后接近这里,从来没有通过河道过来的。不过,即便翻山,好像也没有一次路途是重复的啊。"

在几天的渲染中,藤乡已经被附会了太多的神奇。也许藤乡就是一个故事,是安芬这个喜欢听故事的女人,装在脑海中没有结尾的一个故事而已。这有些类似世外桃源,甚至类似天堂。你说有吗,没有。你说没有吗,有。那么,世界里有一个在有与没有之间的某某世界吗?

"这要看你拿什么来判断。"安芬转头看看我,说,"我知道你现在在想什么。不要惊诧了,你的心思我不需要窥探,明明白白。"

我还是有些诧异,但现在已经处变不惊。我虽然还不能像安芬这样,判断出对方游离的心思,但是安芬的话,我大多能立即知晓其中的意图。比如,对藤乡的判断,看拿什么来判断的问题,我知道她那里面的意思。

"用面包可以判断口味,用艺术可以判断品位。"我说,"对藤乡的追求,你本来就没有确切的物质目的,所以有与无,什么样子的,为什么寻找,还是用精神判断吧。"

"听起来我们像中世纪的哲学家,哈……"安芬哈哈大笑,说,"也许,我就是你眼前的藤乡,你就是我眼前的藤乡,我们是彼此的藤乡。"

尽管我们这样调侃了一通,可心里还是有些沮丧。其实安芬大概最不痛快了吧,毕竟她是第九次第十次还是第十一次来寻找藤乡了吧。我倒是无所谓,不是安芬的描绘,我都不知道世界上某一个角落,会有什么神奇的藤乡。即便是有,又怎么样呢?现在的一点失落的心境,大概是被安芬感染的,或者说是,当我们面对眼前无路,我们不得不回头的一种无奈和后怕。这一路的故事还真不少啊。我们来去都有故事可以讲述,都有故事可以自身发展吗? 谁知道呢!

我想起来路上,刚才安芬所说的那个第一次来潮的夜晚,不禁问道,"这件事,有什么影响吗? 对你后来的生活。"

"不知道啊,也许有。"安芬的烟瘾又犯了。这次是我给她点的烟。"谢谢。"她说,"也许,没有任何影响,每个女人都有这种事,在一个不知名的时候,突然造访,手足无措。然后,就进入青春期,发育,生理上走向成熟。然后,会把人生中的许多不测,好的、坏的,与自身努力和判断有关的与无关的,不自觉地跟第一次联系,第一次挨父母揍了,第一次来潮了,第一次被男人干了,等等。"

"哦,我被你第一次了。"我这样说,"后面的命运怎样怎样了,你是希望我跟今夜有关联还是没关联呢?"

安芬忍不住笑起来,转身把我按倒在地上,拿手使劲地胳肢我。我笑得直打滚,于是喊救命救命,老天快来救我。安芬说,"这里没人救你,你老人家连个身份都没有,弄死你,顶多在世界的荒野,多了一具无名尸体。给后来的探险者,增加一道可研究可不研究的悬疑课题罢了。"

我激情洋溢,通过挣扎把安芬给压到了身下。我吻着她的脖子,甚至想再要一次她。安芬用双臂控制住我,使我基本无能为力。她坏笑着说,"现在可不行的,说不定前面真的就是藤乡,我们别弄脏人家的风俗。"

她突然像一个封建的家庭主妇。也许她还沉浸在刚才所讲的故事中,第一次来潮,不愉快的体验,附会的霉运,什么什么的。我马上听她的话,乖乖地从她身上滚下来,与她并列躺下,逼迫自己专心去看空荡荡的天空。

"你别那样想象我呀。"安芬扳过我的脸,对着她的脸。她热乎乎的气息,迎面而来。"我不是那样的,那样想我,最烦人了。"

"哪样啊?"我不禁好奇,难道安芬真的对我的许多念头,一闪就抓得住?我不相信。"你觉得我怎么想象你了,安芬?"

"如果我是那样,哼。"她用鼻音说,"宁可做回一个婊子。"

也不知道这是安芬在我面前对自己用婊子这个称谓第几次了。反正,在来的途中突然冒出来之后,她就时不时这样说一下。起初听得我如雷贯耳,听了几遍之后,就不再见怪了。这次甚至想笑。

安芬噘着嘴,说你还笑。我把自己讲完,看你还笑得出来。我说,多大的严重啊,我笑得出来,没什么了不起。安芬说你爱我么。我说当然。

"说得太早,你是个孩子。"安芬拿指头压压我的嘴,说,"我的任何故事,都会让爱无法发笑。只是,我不想那么严肃,像个现实主义的愤青似的。许多过去,被我看成了烟云,诗人徐志摩怎么说的,我挥一挥手,不带走一片云彩。顾城怎么说的,黑夜给我黑色的眼睛,我却用它来寻找光明。就是这样,这就是我。"

"不痛快的,就别说吧。"

"开了头了,刹不住了。"

"初潮的事情,要说对后面的生活有什么影响的话,要从荔枝花那里找。"安芬抱住双手,翻转在脑勺后当枕头,对着空荡荡的天,还是回到那个话题———

　　荔枝花与厂长的关系突然崩溃了。也许是因为我的初潮,也许跟那件事压根儿就没有一丝一毫的关系。是的,的确跟我的初潮一点关系也没有。她新交了一个男朋友。在她和厂长经常出差去的上海,一个清瘦的高个儿、双眼皮男人走进了她的生活,睡到了她的床上。在上海的那次差旅中,他只与她交谈了二十来分钟,签了一个很小的业务单子,然后她回到宾馆后,就突然跟厂长提出来,自己要开一个单独的房间。

　　"我的个妈呀,我们这是赚点钱还不够房费开支的呢。"厂长以为荔枝花开玩笑,说,"你重新开房,我这边退房,睡你的房间,不就行啦,真熊。"马上,厂长发现荔枝花不是开玩笑,就问她为什么。荔枝花说:"你呼噜得太厉害了,让我清静一夜,不然明天连回去的力气都没有了。"

　　厂长就给她重新开了一个房间。这一夜,荔枝花几乎没有合眼。半夜的时候,她等到了双眼皮男人。她用双手,捧着这个男人的脸,看啊看啊,看不够。男人脸白,干净,有棱角。男人眼睛大,双眼皮,眯起来就含笑。男人不抽烟,也不嫌她的烟味。男人做爱的时候,小心地掌握节奏,轻言细语地对着她耳语,一会儿上海话,一会儿普通话,交错着说。男人推进高潮的时候,一点儿也不马虎。那个夜里他们一直在做爱,男人在第一次高潮中,就说,我的小北北,我要下半生跟你过,好吗好吗,摇摆着身体问个不停。她有了一个南方爱人给的称谓,小北北,你看,你听听,小北北呀,多么惹人怜爱的名字啊。她听得都感动了。她就往上欠起身子,迎接男人的示爱,说好的好的,我觉得这一生就是为了找你而来的。他们做爱,煽情,不断地演绎高潮。下一次来到上海时,女人迫不及待要见双眼皮男人了。她一站到宾馆大堂就对厂长说:"老谈,我不跟你住一个房间,我要单独要一个房间。"厂长说,又开玩笑了吧,我的个妈呀,尽拿老头子我耍呀,荔枝花你真熊。

荔枝花说:"我是说真的,我要单独睡!"

厂长不高兴了,说,荔枝花,我的个妈呀,你什么意思啊,嫌弃我了是不是?荔枝花说,不是,不是嫌弃你,我有对象了,我在上海处了个男朋友,我要见他。厂长一听笑起来,说果然开玩笑,就去登记,开了一个房,过来拉她说,走吧,房间去。荔枝花站着,不走。厂长说,你真的要单独睡?荔枝花说,不是单独睡,是单独要一个房间。厂长说,别闹腾了,你才跟老子来几次上海,白天都在老子眼皮底下,夜里都在老子肚皮底下,还交什么男朋友呢,活见鬼吧,真熊。荔枝花说,真的,我不骗你,上次单独开房,就是为了跟他见面,睡觉。

厂长将信将疑地看着她。荔枝花脸色平静,也不像是开玩笑。

厂长的脸色变了,颜色更深。他咬牙切齿地说:"臭婊子,竟然敢这样耍老子。从现在起,老子不是你的男人,也不是你的厂长了,你去死吧你,我操你的。"

就这样,厂长不管荔枝花了。厂长自个儿住下来,自个儿去办事,自个儿吃饭。荔枝花身上一分钱没有,坐在大堂里等她的上海男人。上海男人来了,穿着一件长袖子衬衫,白色底子上面是淡灰色条纹。上面有淡淡的香皂味。他进来先拥抱她,他们肆无忌惮地在宾馆大堂接吻。男人边吻边给她脖子上套了一根金项链,说啊拉要拴住侬,说我要一辈子拴住你呢小北北。被他唤着小北北的女人就把头幸福地倚在男人的肩上。然后,他们就一块儿开房,一块儿吃饭,一块儿睡觉,一块儿把上海逛了个底朝天。等到女人回去,回到她的亚布林山老家的时候,她的科长已经被免掉好多天了。厂后勤科的人等着来收房子。不是科长不能享受两室居。

就这样,我们又搬回了过去的一居室。

那个暑假,谈默从我的生活中消失了,后来他去南方上大学去了,没有任何音信。我搬回家里住,与荔枝花在一个房间睡觉,在一个锅里吃饭。过了几天,荔枝花对我说,乖,我给你在客厅搭一张床吧,你大了,一个人睡觉比较好。我说,你为什么不睡客厅,我要睡小房间啊。荔枝花气冲冲地说,这是老娘的房子,等你这个贱人长大了,如果老子我住你的房子,你爱让我睡哪儿我就睡哪儿,睡猪圈里睡茅坑里,老子屁都不会放一个。我说不行。荔枝花说,为什么不行,以前不经常是这样睡觉的吗?我说,以前是以前,现在是现在,要么我们轮流,一三五我外面,二四六你外面,星期天随便。荔枝花火了,扬起巴掌,停在半空中,骂道:"你这个小不要脸的,我让你怎么睡就怎么睡,哪来那么多废话?"我上去就揪住荔枝花的头发,两个人扭打在一起。荔枝花披头散发地躺在地板上哭起来。我住了手。荔枝花一边哭一边骂,一边诉说自己的凄苦。我也哭起来,我的内心真的很想谈默,想他毛茸茸的嘴唇,憨憨而腼腆的样子;想一起合着桌子角落,专注地做作业的夜晚;想谈默妈妈做的炒鸡蛋;想她发作羊角风,谈默默默而冷静地做急救的样子;想匹诺曹的鼻子;想谈默的滚热与潮湿,那种飘在我手掌上的腥香;想空气里的神秘与躁动,记忆里的甜蜜与静谧……我就使劲地哭,一个劲儿地哭,哭得斑驳的天花板都眩晕了。荔枝花吓住了,坐起来愣愣地看着我,直到我哭得气都没了的样子,她才点了一支烟,独自抽起来。我也坐起来,说我也要一支烟。荔枝花说,你不能抽烟,十八岁,老子养你到十八岁,你爱干吗就干吗,爱哪去就哪去,你自由,老子就自由。

我上了初中,经常迟到旷课,除了例假来往规律正常,其他几乎没有正常的。我的功课一落千丈。我想给谈默写一封信,告诉他我很想他,我的初中生活,过得很不好。但是,我没有谈默的地址。

有一天晚上,我悄悄地跑到他家去,跑到那个七楼敲门。谈默的妈妈出来开门,看到我立即拉下脸,那种非常陌生的表情,说你来干什么。我说,阿姨好,我想要谈默的通讯地址,我想请他帮我买几本书。谈默妈妈严肃地说,没有地址,他爸爸不许他跟你联系。然后骂了一句,一窝狐狸精,就砰一声关上门。我怏怏地回到家里,坐在客厅的小床上看《木偶奇遇记》,但是我看不下去了,这本谈默送给我、又与我谈论过内容的书,已经被我翻得快烂了。但是,它的每一页似乎都藏了更多的内容,那些我与谈默在一起的无数的交谈和细节,都若隐若现地浮现出来。我决定给他写封信,现在就给他写。我掏出笔在书的扉页写道:谈默哥哥你好。我觉得这样称谓真是不够表达我的心思。于是我又画掉,写道:"亲爱的匹诺曹你好。你在哪里呢?现在你流浪到哪里了呢?你的背囊里有没有背着我呢?当你在南方某一个城市某一个街巷,一个人溜达的时候,有没有想有我挽着哥哥的手呢?做作业的时候,有没有想到我呢?学校食堂里有没有炒鸡蛋,会不会很香,像你妈妈一样放一些葱花在里面呢?我多么盼望你来信,告诉我你的一切。不许撒谎啊,匹诺曹,不然你的鼻子又要长了,我要捏它的,匹诺曹啊匹诺曹!"

写好了信,我把它夹在有匹诺曹第一次撒谎鼻子变长的情节的那一页。后来,我不断写,不断写,我的《木偶奇遇记》越来越厚。时间一天一天往前过。天气越来越冷了。匹诺曹的鼻子短了,又长了,长了,又短了。我的信没有能寄出去,当然我更不会收到回信。直至寒假,我也没有联系上谈默。第二年春天,我继续写信,《木偶奇遇记》里已经装不下了,我就在谈默送给我的另一本书《普希金诗选》里写。我一边写,一边读普希金的诗。我把普希金的诗歌,一首接一首地背诵,背到三分之二厚度时,我忽然在书页上发现了谈默的笔迹,一行小字,蓝色墨水抄写的一个地址:上海市西斜土路18号附1号上海文汇杂志诗歌编辑部。我非常兴奋,终于有一点线索可以去寻找谈默了啊。我想,这是谈默抄写的地址,谈默喜欢读书写作,也许他会向这个地址投稿,如果谈默在上海文汇杂志发表了诗歌,编辑必然有他学校的详细地址,我如果写一封信让编辑老师转给谈默,也许就联系上了。但是,我要确定谈默到底有没有给这个杂志投稿,到底有没有在上面发表诗歌。我想只要谈默给他们投稿,他的诗歌就一定能发表的。所以,我必须弄到这个杂志。

那时候,荔枝花已经跟他的上海男人大摇大摆地交往。上海男人第一次来我家住的时候,带来一捆碎花布,还有一本新杂志《上海服饰》。上海男人殷勤地说:"这是现在最好的料子,做连衣裙吧,你跟女儿一人可以做两套,杂志上有样式,可以参考一下,只是要找到好的裁缝。我以前学过裁缝的,我来跟她说要求,一定能做出时髦漂亮的衣服,你们娘俩好身段,穿起来别提多洋气了啊。"他还伸手摸摸我的肩,我厌烦地走开。这个男人来的时候,一住好多天,荔枝花就如同着魔一样,连吃饭过程中都抽空上来蹭蹭他的脸。每次他来,荔枝花也不上班,很快荔枝花成了厂里新一批被宣布下岗的职工。上海男人说,亲爱的小北北,你那个工作,不值得留恋,更不要说什么前途了,都什么年代了呀,还生产那么笨重的动物玩具,可笑可笑啊。荔枝花于是高高兴兴地下岗了。我每次给上海男人脸色的时候,荔枝花就警告我说:丫头你给老子注意点,现在我们可是靠人家养的,人家心肠好着呢。我别过脸去。荔枝花就骂道:"你别他妈的在老子面前装清高,你这个死贱人,功课一塌糊涂,看你这身子骨,也是个红颜薄命,瞧不起老娘,看你将来多大能耐,男人们玩死你,你他妈哭的日子在后面呢。"

上海男人第三次来我家的时候,带来一个五岁的小女孩。他对荔枝花说:"我离婚了,女儿没有人照顾,能不能托给你,当安芬的妹妹吧。"荔枝花抱住女孩亲了又亲,说当然当然,我们本来就是一家了呀,早就应该在一起啊。然后,荔枝花就喊我过去,说你有妹妹了,高不高兴啊?以后姐妹俩处好一点啊。我点点头,没有吭声。

上海男人见我不反感,高兴极了。那天,他喝了很多酒,清瘦的脸变得通红,咿里哇啦地一会儿上海话,一会儿普通话,一会儿不知什么话,说个不停。荔枝花去买菜的时候,他把我喊到身边,神秘地从自己的行李包里,摸出一个大大的纸包,像一块砖头,递给我说:"乖啊,好女儿啊,这个拿着,和妹妹一起花呀,以后处好一点,爸爸会给你们挣钱,挣钱,挣很多很多。"

我接过那块砖头,感觉很沉。上海男人示意我打开,我照做了。我惊呆了,我从来没有见过那么多钱,整整齐齐,崭新的一匝钱啊。男人说,乖女儿,你摸一下,钱摸起来很舒服的!我就摸一下。那种感觉,唉,什么感觉呢,反正就是很舒服,他说的没错。这么冷的天气里,手碰到什么都是凉凉的,唯独这匝钱,摸起来绵和温暖。

上海男人伸出一只手,做了一个拉钩的动作,对我说:"这个钱给你保管,你藏起来,藏得谁也不知道,连我都不知道,好不好?"

我看着他那只悬在我眼前的手指钩,感到不解。

他笑起来,示意我跟他拉钩。我迟迟疑疑地伸出手。我的手指和他的手指扣在了一起。在他的拉力作用下,我们的身子前后摇摆了三下。他很开心,说:"我们不给妈妈和妹妹知道,君子协定啊,不能出卖秘密啊!"

我也忍不住笑起来。我觉得他有点好玩。我说为什么不给她们知道呢,他做了一个鬼脸,靠近我的耳朵,喷着满嘴酒气说:"好女儿,这么多钱,平时不需要用的,哪一天如果有急事,急需要用钱,妈妈急得团团转的时候,你突然把这个钱举到她面前,你想想啊,她多惊喜啊!"

我抱住了这匝钱,我的心跳得很快。男人的话,的确让人充满了神往。我的眼前似乎都出现了那样的场景:在惊慌、绝望、眼泪鼻涕一把抓的荔枝花面前,举起这么多钞票,不是笑着,而是冷冷地说,"荔枝花,看在你养我这么多年的份上,这钱,拿去救个急吧!"荔枝花一定感激涕零地扑上来,一边抓钱一边对我谄媚吧。哼,那时,我会不屑一顾地说:"以后对我态度好一点,你给我点爱你会死啊?"

想到这里,我都快笑出声来了。男人很得意,说:"还有啊,你跟我之间,有了一个小秘密啊,我们就是好朋友咯?"

我问这有多少,有一万吗?上海男人点点头,说有啊,比一万还要多。我高高兴兴地收起来。我还有事情要求他帮忙,我的脸上当时一定堆满了友好的甚至感激的笑吧。我心想男人啊男人,荔枝花的男人,看来你真要感谢一个看起来跟你毫不相干的人,谈默,你知道是谈默在拯救我们的关系吗?我说,"叔叔,下次来给我带几本文汇杂志好吗?"

我的谋划早就在心里捂熟了,可一旦脱口,别人听了当然是唐突的。上海男人几乎没有弄懂,说什么杂志啊,一定要上海才能买得到吗?我说文汇杂志,上海的杂志,我们这里没有,我想看。上海男人爽快地说,好的好的呀,小事一桩,爸爸肯定办好。然后就从手提包里掏出笔记本记上杂志名和地址。下次来的时候,果然给我带了一大堆文汇,有十几期,捆成一方。

就这样,我多了一个妹妹。小女孩歪着脑袋,扎着几个小辫子,双眼皮,眼睛很大,望我的时候怯怯的,很暗淡,很空洞。有时候,我觉得她简直不是一个正常的小孩,像是一个机器人小孩,外形很漂亮,看起来没有什么毛病,但是没有什么血肉和体温,或者有血肉和体温,但那是人工的,里面没有灌进思想和情感。荔枝花说她缺少母爱,所以性格孤僻。我说我也缺少母爱,怎么不孤僻啊,何况我还缺少父爱呢。荔枝花说,你就别跟老子嚼舌头啦,我还没死呢,你就横缺爱竖缺爱的,我看你是缺揍。

他们给她取了个名字,叫安香。芬香芬香啊,就是姐妹的名字啊。起初,我跟安香平淡地相处,相安无事。几年后,我想了许多主意虐待她——当然是后话了。那时候我像是着了魔,就是觉得有了一个弱小可以欺凌,心里很痛快。啊呀,真的不想说这个了。

那些杂志被我一本一本地翻开,从目录查起。令人失望的是,我并没有发现那里面有谈默这个名字。我想,也许他用了一个笔名呢?后来,我果然发现了一首诗,我确信那首诗就是谈默写的,尽管署的是"晓波"这样一个跟"谈默"毫无关联的陌生名字。但是,我感觉每一句都是谈默记述的我和他的某一片记忆呢:

是我教会她游泳的,那时她刚迈进青春期
河的水抚弄着她的发,和我妒忌的心思
我喝了很多水,呆呆地望着她大笑的傻样子
阳光照耀着她雪白的米牙,她的声音是闪烁的浪花
我鼓足勇气,阴谋策划一个亲她一口的行动
可喝水后的饱嗝一个接着一个,完全破坏了我的诡计
天空,像橘子一样,变得金红
七月好美
那年好美
小城,好美
我,心里好美
她,青春期的游动,真的
好美好美

我被这一首诗歌迷住了,整个下午我都在读它。我甚至能够在字句里,清晰地看到谈默写字的样子,看到他将开额前的一缕头发,抹去因激动而微微沁出的汗。看见他低下头,飞快地写,抬起头,迷醉地笑。我想上去替他捋一下那缕头发,擦那一头汗沁。我边读这首诗,

边伸出我的右手,展开我的手指。因为我确信谈默可以感应到我这一切。我的手指细而长,指甲和关节处,渗出青春的晕红。我真的那么沉醉。我把这些文字,幻觉成一部小电影,甚至耳朵里都响起了柔情的音乐。我看见他抱住我,站在水中央,河水自顾地绕开我们流淌着,散落的花瓣,浮起的水草,被我们的身体挡住,在我们之间聚集。我们的身体隔着一层薄薄的衣服,互相散发着青春的滚热。谈默的细细的胡须,在嘴唇上沾水,在阳光下晶亮。我把我的脸贴在他的胸脯上,倾听他狂乱的心跳。他的双手卡在我的腰间,越卡越紧,几乎使我窒息在河水里。河水是多么温暖啊,它托起我们的身体,几乎让我们漂浮在它与阳光的交界上,我们的身体,出现了一个美轮美奂的轮廓。

有什么好怀疑的呢?那一刻,我确信谈默就是记述了我们的一段生活。他到底有没有教我游泳,如果没有,难道我是一个天生会游泳的人吗?我不愿去求证记忆里这段生活存在的可能性。我宁可记忆是混乱的,是靠谈默来帮我修复的。本来,如果没有他,我的青春期记忆也许就是一片空白。斑驳的石灰墙,画面俗气不堪的挂历,在墙角跑来跑去挑衅我的老鼠,放在小桌上吸引苍蝇飞舞的猪肉,荔枝花的叫声,长得像门神一样的厂长,上海男人苍白的脸,安香空洞的眼珠,渗透进椅子布面的血红,干涩的空气。尘土飞扬连接着雪花飞舞。落叶之后,是静态的枯树。春风过来,是死板的绿,一点一点无聊地加深色泽。河道封冻,解冻,再封冻,永远难看到几只鱼虾的身影。夜里无法入睡。嘴唇干燥,手指触摸到的每一寸肌肤,都有静电的响声。响声太过微弱,爆不开厚重的黑暗……难道我的青春期就是这些么?当然不是。我的青春期就是谈默,是散发葱花香的炒鸡蛋,是桌子下互相磕碰的腿,是匹诺曹和普希金。

可是,谈默并没有真正在我的渴望中出现过。谈默当然还是出现过一次的,但一定是在我毫无预料的突然中。十七岁的夏天,十六岁的夏天,十五岁的夏天,我天天在幻想中出走南方。在我真正出走前,他就突然出现了。

(十七)

我们无法躺在那里把故事全部讲完。

天空出现一种幽蓝幽蓝的颜色。尽管四周静得出奇,但天边漫上来黑压压的什么,像雨云可又不是雨云。安芬从地上跳起来,从背包里掏出一张塑料薄膜。我不知道她还准备了一张备用的塑料薄膜。我只记得带来的一大块塑料薄膜,昨夜做成了我们的帐篷。

随着雨云的迫近,我终于发现,那竟然是密密麻麻数以亿计的飞鸟,组成了庞大的方阵,向我们这个方向包抄过来。

安芬示意我们用手扯住塑料膜的四角,使之成为一个临时的小帐篷,然后我们匍匐在下面。随着它们的临近,我感到了一股强大的气流,推动着交响乐一般的声浪,滚滚而来。我看到了蓝色的羽毛,数亿片蓝色的羽毛,屏蔽了整个天空。在一阵黑暗来到时,一股腥香的热雨倾注下来,在我们头顶的塑料膜上砸出空旷的响声。几分钟后,黑暗消失了,我看到阳光下,大地覆盖了一层金色的泥浆。

安芬把塑料膜拉开,站起来哈哈大笑。然后示意我起来,追踪鸟群的方向。我们追到断崖边,终于看到了它们全部聚集在那个巨大的自然山体平台上方。它们组成一些复杂的图案,并不断变换,阵势盛大。

我惊呆了。

"我不是第一次看到这个了。"安芬说,"我猜想也许这里就是传说中的藤乡,它们才是藤乡真正的主人。每次看到这样的场景,我都十分恍惚。我对自己说,可能我站到了人间与天堂的交界处,这里就是天堂的入口。我们找不到路,是因为我们还不够资格进入。你看,这些鸟群不断变换的图案,一定是某种表述,我们不懂是因为我们根本没有能力理解,我们只晓得一点点自己所处的那个世俗内的世界。"

我觉得安芬有时候过于简单,有时候又非常深奥。这使得她有一份灵动的印象给予我。她给我喂水,背更重的行囊,替我埋单,讲述自己琐碎的成长,用温暖的身子唤醒我身体里濒临麻木的青春;她也描述藤乡,附会藤香茶的奇妙,设想黑暗中悠远的天空,扑向一团光并分析这些光寄寓的哲学。现在,当她对着群鸟深入某种疑问的时候,她脸上的单纯与专注,于我而言,激起我的兴奋,一点也不比那群舞台之鸟的表演来得弱。我不由自主靠近安芬,背对着悬崖和那庞大的鸟的舞台,抱住了她。

"也许就是一场简单的迁徙吧。"我无法迅速弄清眼前的景象,跟夜间的那些光团一样,任何新鲜的见闻,也许真的不应该也不可能看透,更不要说先上升到传说或某种哲学的高度,然后再去思考清楚其中的结论。"也许就是你说的天堂现象,他们可能就是无数对伴侣,集结一起,举行爱的盛大庆典吧。"

当我紧紧地抱住安芬,并把我的嘴唇贴在她的嘴唇上,她微微眯缝住眼睛,可又很快惊恐地睁开。她挪开她的嘴唇,说:"我看到了巧妙的景象,你不要放开我,我们原地转180度,你就看到这个巧妙了。"

她的脸色因激动而变得通红。显然,这不是一般的发现。当我们拥抱着在原地转了半圈之后,我真的也被眼前的景象惊呆了。鸟儿们翅膀与翅膀两两相接,组成了一个庞大的半环形,对着我们。那样子就是一个巨大的怀抱。而且那么多鸟居然在一瞬间组成了这样的阵子,并且任何一只鸟都没有发出一丝一毫的声响。

世界,真的静默而又静穆。

那一刻,像有一股电流热遍我和安芬。我觉得这些天籁所有的孤单,甚至多少年来所有的灰心,一下子消散,一下子变得无比鲜艳。

我和安芬应该是同时领会了鸟群的传意。我们闭上眼睛,深深地接吻。我们用嘴唇相互抚摸对方,甚至数过了唇上的每一根纹线。我很干渴,但是在安芬的湿吻中,口腔里变得滋润而又香甜。我的舌尖试探着她的牙龈和上下腭,然后又抱住她的舌,它们互相缠绕,翩翩起舞。稍后,我就感到它们都融化掉了,根本没有任何存在的迹象。我们彼此都失去了自己,我与她完全分不清谁是谁,谁的什么是谁的,一切的一切真的只有一个,甚至根本全部不存在。

当我们从拥吻中醒来的时候,我们发现鸟群早已消失,一切如它们到来之前,安静而又平凡。只是仔细一看,潮湿的大地上发了无数红色的小芽。安芬捋捋头发,羞涩地看着我,然后转过身去,咻咻地笑起来。

"你笑什么呢?"我从后面抱住她的背,脸贴在她雪白的后颈上。我看到了她逆光耳朵里的血管,还有颈子上几颗分散的痣。

"你知道刚才鸟群经过时,天上下了什么雨吗?"她依然在咻咻地笑。我说,什么雨啊,泥浆啊。安芬说,才不是泥浆呢,全是鸟粪,下的是粪雨。

原来是这样啊,我也忍不住笑起来。"可是,一点也不臭啊。只是一股腥腥的香味啊。"

"我甚至闻不到任何味道。这也是这里的奇怪。"安芬说,"不过鸟粪就是鸟粪,刚才要不是我扯一块塑料膜,现在我俩都成'粪青'了。哈。"

"哈。"我说,"怪不得地上长小芽,肥的。要是我们刚刚淋点粪,说不定身上也发芽了呢。"

天气不太早了,太阳已经开始倾斜。除了空气里的腥香,我还闻到了各种食物的味道,比如很小时候的那种烙薄荷饼的味道,新玉米糊的味道,甚至花生油在滚烫的铁锅里炸出来的香味。这种嗅觉让我感到不解。我说给安芬听,安芬说,你肯定饿了,出幻觉了,我们赶紧回去吧。

我们沿着原路在河道里返回。安芬把盒装牛奶递给我。她还在惦记刚才我描绘的食物香味。"哦,我想,这个地方本来就不寻常,鸟群和它们的表演,向我们摆的环抱阵,粪雨之后的这些小芽子,甚至昨夜出现的光团,处处非常迹象都不是我们常见的,也不是容易想通的。藤乡的那么多传说,看来都是有一些依据的。"

"这与我的嗅觉有什么关系呢?"我说,"也许我的嗅觉就是你说的,饥饿后的幻觉吧。那么是不是推断,我们看到的,也是幻觉,是因为我们有一些自己不确定或者没有唤醒的强烈愿望呢?"

"我可不这样想。"安芬说,"我宁可相信世界是多维的,你看不到的世界在另外一个维度,而那个维度你也许嗅得到。但我一直相信,器官有分工,功能有局限,但人有一样东西,是完全跨越局限的,甚至可以穿透无穷。"

我站住,仔细打量着安芬。我不知道一瞬间,她怎么又变得这么玄乎。昨天这个时候,她还在车上,说自己是婊子呢。现在,她好像就站到了神的肩膀上了。

"不是鬼神,你可不要乱想。"安芬点点我的鼻尖,像一位年轻却资深的幼儿园阿姨,拉长声调说,"是——心——灵——啦。有机会我问问霍金先生去,看他能不能把心灵说清楚。"

"霍金啊,你说霍金啊。"我学着安芬的强调语气说,"霍大师不说心——灵——啦,他老人家说女——人——啦,他说,只要不懈探索,宇宙可以认知,无论多么努力,女人无法看透。"

这回,轮到安芬停下来,仔细打量我,说:"真的吗?他真的这样说的吗?"

我学着霍金的样子,歪起脑袋说话。我觉得这样真的很像大师,也许以后歪着脑袋说话,会成为一种显得权威十足的发言姿态:

"真的。他很认真,那样子不像是开玩笑,也不像我们,处在怀疑和幻觉中。"

(十八)

我们终于在傍晚之前找到了车子。把背包放到后备厢后,我们顿觉浑身轻松。安芬发动了汽车,沿着小树林里的坡子和小道往回开。虽然才隔了一天,那些长在路上的小野花,似乎大了不少,鲜艳了不少。这让我心情比来时愉悦了很多。我想到要一点音乐,记起安芬为我放的金·瑞弗思的乡村音乐,就去寻找卡带。安芬制止我说:"不要听金·瑞弗思了,太过悲观,而且,真的不适合在路上放。"

"为什么不适合在路上放啊?"

"因为他是交通事故死的。"

我的手吓得缩了回来。

"你其实又迷信又脆弱。"安芬笑着说,"当然啊,迷信和脆弱,就是一对连体姐妹。"

出了小树林,波罗乃兹又晃荡晃荡地下坡,上坡,再下坡,然后拐起了一道一道的弯。我昏昏欲睡,然后好像真的就睡着了。耳朵里只听见车轮在地上飞快摩擦的声音。道路和眼前好像是一会儿白,一会儿灰的。是不是一会儿有雪,一会儿没有雪的呢?我这样想着,并想睁开眼睛证实一下,可就是睁不开。我实在是困了。可是我的心里又心疼安芬。我睡觉,她却要开车,一路上还背着比我的重得多的行李。在迷迷糊糊中,我听到安芬说:"你睡吧,待会儿我也睡了。"我马上吓醒了。安芬捏着方向盘,右手不停地推挡一下挡位。她看了我一眼,坏笑着说,"我就知道你胆小如鼠,喊不醒打不醒,但能吓醒。"

"如果你也睡觉,我们就完蛋了。"我说,"我不怕死,而且还一直暗中盼死,现在有你,我一点不想死了。"

"如果真爱,一起死也挺完美的。"安芬有时的确嘴无遮拦,"还能化蝶呢。"

我突然有了很无聊的联想,真爱的人死了会化蝶,那不是真爱一起死了的一对,会化成什么呢?

"有什么东西,是互相折磨对方的?"我问安芬。安芬想了一下,说,"我懂你的意思,你想让不爱或者伪爱,变成那种东西,对不?可我觉得,肯没完没了互相折磨,那也是一种爱,是一种奇爱呢。"

这个,的确有点意思。

安芬说:"我觉得,还有比蝴蝶更厉害更浪漫的东西。我曾经盼望跟谈默一起死,然后化成一对蜘蛛。""为什么要化成蜘蛛啊,多丑陋啊。"我说,"蜘蛛的长相,难道很浪漫不成?"

"长相啊,那是你们小孩子的浪漫。"安芬不屑地说,"有一种母蜘蛛叫作黑寡妇,与她的配偶交配后,会吃掉对方。而那种雄蜘蛛特别痴情,一边交配一边主动把身体送给黑寡妇吞噬。爱得恨不能把对方吃进自己的身体里,消化掉,进入自己的血液甚至灵魂。"

"天哪,化蝶要改成化蛛了。"我做了一个躲闪的动作。安芬猛踩一个刹车,把车子停在路中央,恨恨地说,"猥琐男。"

我不知道她是真生气了,还是闹着玩。"至少男女要平等吧。"我赶紧申辩,"再说,做黑寡妇,多寂寞啊,爱人死了,变成了她的营养,谁在生命的长途中陪同她走啊?"

"这还不叫陪伴啊?溶解在身体里,一刻都无法分离。"安芬说,"他在你的心里,你说任何话,他第一时间听到;你做任何事,他第一时间看到。就算你有任何念头,产生任何情感,里面都包含着他,他就在那里啊,为什么要说孤独呢?我看你就是注重形式呢。"

一时间,我竟然找不到辩词。

天边出现了很多云堆,在晚霞的映衬中,五彩斑斓。那些云堆组成的世界,大概是遥远而不确定的原因,显得威武、浩渊而又神奇。我指着那些云,跟安芬讲小时候看云的浮想联翩。"有时候看着看着,热血沸腾,觉得,世界,怎么那么深邃,那么神秘,那么令生命神往呢。"

安芬当然不是真的生气。她见我看云,就用一块手帕擦拭挡风玻璃上的雾气。然后指着那些云世界说,"我第一次坐飞机的时候很沮丧。我小时候坚信云里有个世界,云的出现就是那个世界的出现,云就如同舞台上的幕布,为了遮掩幕布后的事物。还有,有些重要角色出场的时候,舞台师回放雾气,制造效果。云上的世界,那些重要角色出场,云就是他们喷出的雾气吧。可是,当我飞到云上,我发现除了云还是云,并没有什么其他的世界什么神仙人物。"

"兴许被飞机吓走了呢。"我调侃她说,"等你们屁股冒烟走了,他们就又全出来了。"

安芬把手帕拧成一根细小的绳子,用来抽打我。她的脸在晚霞中通红。我忍不住去吻她,吻了又吻。在吻的过程中,我想起了谈默。我说,谈默……安芬堵住我的嘴,不让我说话。结束后,安芬启动汽车,这才说:"你现在是不是妒忌谈默了?"

老实说,真的有些妒忌谈默。

安芬说,"可别妒忌,他早就死了。"

我知道,安芬这个年龄的女人,开着改装的个性汽车,走南闯北,只身一人,时不时笑着或者毫无表情地骂自己一句,婊子,当然会有很多很多故事。安芬向我索要故事,也许就是为了引出自己的故事。而我听取安芬的故事,也许就在无形中覆盖掉了自己的故事。我们的几天,就是在彼此的故事里行走着,到达对方身体深处的吧。也许。也许,真的也许。

但是,她说谈默死了的时候,我一点也没有惊讶,更没有因此而变得心里轻松,妒忌消散。可能她第一次提到谈默的时候,我就觉得这个人早就死了。我不能清楚自己为什么这样想,在得到证实之前,我甚至被自己的这种似乎有些恶意的猜想,弄得有些愧疚。可现在,安芬说,谈默的确早就死了。我的愧疚感就烟消云散。这一部分心里空间,恰好给嫉妒腾出了更大的空间。

她开始继续讲谈默。她说,"现在,我就直接讲最后两次见谈默吧。"

那是我做K歌小姐的第四个年头——噢,婊子,有时候我妈荔枝花,在电话里这样喊我。我也时不时这样称自己。太刺耳了吧,那是,习惯了就好。就是那么回事。我已经在江湖上辗转了六七个城市的近几十个娱乐场子。那时,谈默出国了,听说到了日本。日本在哪里啊,东边啊,海里面。我没有那么简单过得去啊。我就沿着东边的城市,一路找地方谋生。从牡丹江,往南边混,伊春、威海、日照和连云港,后来又折返到大连。那一年我落在锦州,对,应该说辽宁的锦州。我一直在攒钱,攒钱,有了钱,我一定要飞往横滨,日本的横滨啊,钱要多得可以轻松来回跑,往外数钱手不抽筋。钱要多得可以在横滨想待多久,就待多久。为什么要去横滨?当然是因为谈默啊。听说谈默大学毕业后工作了两年,去了横滨啊。我并不厌烦陪人喝酒唱歌这样的工作。人家问,做这个图什么呀?我说,图钱。有了钱怎样呢?有了钱会等回我的爱啊。我就是这么想的,很简单啊。每次,K房妈咪都说,你脑子有病啊,用这种地方挣到的钱,能等到爱?你知道别人怎么看待我们做这个的?在他们眼里,我们就是婊子。我说,我不过是有备无患,我要找到谈默,跟他在一起,不管他有没有钱,我们都可以在一起生活下去。我就讲谈默和我的故事。我不讲前面那些小时候过家家的事,她们会笑死的。我讲后来的事,谈默上大学之后的事,我痴迷地读普希金,痴迷地猜想文汇杂志上的诗歌意境之后的事。那以后,我见过谈默两次,第一次是很激动,因为我终于见到他了,跟在梦里面一样。

那简直就是梦。十七岁的秋天,亚布林山一片金黄和艳红,还有深绿。那时候,我不太叫得出那些伴随着我长大的树木的名字。一个星期天的傍晚,从家里走出来,沿着一个环形的上坡路,往前走。我不知道自己要去哪里。我跟荔枝花怄气,把那个上海男人带来的妹妹,胳膊上掐出几块淤青。我对那双空洞的眼睛说,不许告诉你爹,不许告诉我妈。然后,我问她,安香,你的胳膊怎么弄的,怎么淤青了啊?小女孩说,我自己掐的。我说,撒谎,你怎么可能自己掐呢,就是自己掐,你有那么大的手劲吗?你对自己下得了那么大的狠心吗?安香哭了起来,说姐姐你教我,姐姐求你教我。我说,你难道上厕所不会摔跟头,走路不会撞到椅子背,这么拥挤的小床夜里跟姐姐挤在一起,就不会掉下去?跟幼儿园小朋友,就不会打架?小男生不会欺负你?你的亚布林山话,讲得那么次,南蛮子口音那么重,人家凭什么不欺负你?你当我们这里的孩子都是面瓜吗?安香就问,姐姐,什么是面瓜啊?我说,在我们这儿,看到好欺负的不欺负,就是面瓜。玻璃眼瞪得大大的,就不吭声了。后来她爸爸果然发现她胳膊上的淤青了,就问,怎么回事啊你,胳膊上怎么弄的?这小人精居然装着不知道的样子,满胳膊找,嘴里说在哪儿啊,什么淤青,在哪儿啊。他爸爸就指给她看。安香就说,爸爸你不怪我的话,我就说。她爹说,你说,我不怪你。安香就说,我们班上的面瓜掐我的。荔枝花在旁边一听,火了,说面瓜,叫面瓜的还这么凶啊,妈妈找他去。小女孩竟然抱住荔枝花的双腿,说求你了妈妈,别去,我先打面瓜的,面瓜的头上被我用小凳子打出了一个大包。荔枝花一听,说乖乖有志气,比你姐强。

我在一旁听了,心里乐开了。

不过大部分时候,我跟安香父女俩处得还算好。上海男人在亚布林山和上海之间来来往往,每次回来都带一大堆东西。荔枝花有时候故意把那些东西晾在门外,让邻居们瞧见。上海的挂面,雪白雪白的,比北方的细腻一百倍,荔枝花把它们整整齐齐地陈列在椅子上,端出去晒太阳。还有千层糕,里面夹着五颜六色的果脯颗粒,只要开了口吃它,那些果粒就不断地出现,勾引你往前面咬,再咬,三咬。金华火腿,上面有一层盐霜,切片蒸熟了之后,腊香含甜。荔枝花把它们挂在走廊里。那个走廊是公共走廊。邻居就在门外喊,荔枝花荔枝花,火腿挂高一点啊,碰着头了,挂这么多,要不要我们来帮着吃啊。荔枝花就说好好好,下次孩子他爸回来,请你来吃火腿喝东北小烧啊。外面的就说,哪个孩子他爸呀?荔枝花就笑骂,死样,你孩子他爸。我渐渐还有点喜欢这样的生活气氛,其实也很少掐妹妹的,特别是她把谎圆得那么好,像个鬼精灵,并不太惹我发毛。

那天,荔枝花突然把我喊到一边,说:"臭丫头,你给老子注意点。"我说:"怎么啦?"她说,你整你小妹,别以为我不知道。我说,你可不要血口喷人,你这是屁话,连安香自己都不相信。荔枝花气咻咻地坐在那里,嘴巴里嘀嘀咕咕地骂我,说这么厉害,长大了不知道要害死多少人呢。

看到她气着,我很开心。我出门走在环形的上坡路上,嘴里哼起了小调,世上只有妈妈好啊妈妈好,走啊走,走啊走,哪里有不平哪里有我。路真的很破旧,坑坑洼洼,我走了许多年,一直就是这样的。但是路真的很美,坑坑洼洼里填满了落叶。周边的树,灌木还在绿啊,桦树金黄啊,一片一片的叶子在风中翻飞,反射着斑斓。银杏的叶子落得到处都是。枫树红了,有的红在天上,有的红在地上。更多的树木,我叫不出名字的树木,颜色浅浅深深,叶子疏疏密密。一辆汽车走过,叶子全跟着飘逸。哗,起来;沙沙沙,躺下去。我跟着那些活动的叶子跑,追了一会黄色的叶片,再追红色的叶片。追到路的最高处时,我一抬头呆了。谈默从对面走过来,身上背了一个米黄色的大背包,手里拉着一个胖胖的女孩。对,那一定是谈默,我几年没有见到的谈默,他高大了不少,腮和额角看上去都硬朗了许多。没错,那就是谈默,但是他的手上拉着一个胖胖的女孩。我呆了。我站在那里,等着他们走到我面前,我喊:"谈默哥哥!"

他们站住,一齐看着我,疑惑万分地看着我。

"谈默哥哥。"我忍不住笑起来,又喊了一声。

"天啊,老天啊。"谈默惊得张大了嘴巴。他的牙齿又整齐又白。

"天哪,真没想到,你长这么大了。"他继续惊叹,"天哪,你长这么大了,这么漂亮啊,小妹。"

我就站在那里,傻笑。谈默语无伦次,一会儿惊叹我,一会儿用手向那个胖女孩比划我从前的高矮。胖女孩一声未吭,眯着眼睛看我。胖女孩的皮肤真好啊,我后来都不记得她的相貌了,只记得那是我从来没有见过的好皮肤。也许南方女人才有这样的皮肤吧。这使我后来的几天,当谈默一次一次脱掉我的衣服的时候,我真的很自卑啊,我感觉自己像一双从工地里走出来的皮鞋,遇到了一双模特儿高傲长腿下在闪光灯里的嫩皮长靴。

"你根本不要比,她就是白和胖一些,南方水多养的,未必就是漂亮。"当天晚上,谈默偷偷地溜到我家,把我约出来,在环路下坡右拐的一条巷子里,他开了小旅馆的一间房,快手利脚地脱去了我的衣服。"你的皮肤才是最美的,至少颜色健康。她那是脂肪的光泽,不一定就是美。"

我那时不懂什么健康美,什么不健康美。难道不是越白越漂亮吗?

"当然不是。你看哈利·贝瑞,黑人,黑珍珠,美国的,先做模特,红啊,再做演员,红啊。不就是那个黑皮肤吸引人吗?"谈默挤进了我的身体,我疼得出了一身汗,想叫。谈默说,别叫,人家听到了不好。我就哭起来,谈默说,别哭,这是美好的事情啊,怎么着也不应该哭啊。于是我没有声音,咬着牙哭。谈默用嘴巴吸我的眼泪。我几乎昏过去了。我忍受疼痛,但是依然紧紧地抱住他的肩膀。完了后,我说谈默哥哥,你会离开我吗,你会娶那个女孩吗?

"不会。"他点了一根烟抽,望着床单上一汪血,就说了这两个字:不会。

抽完这根烟后,他又一次挤进我的身体。就这样,他每天晚上八点钟前后偷偷溜进来,十一点离开。有时候,白天也偷偷溜进来。我就待在房间,等他来的时候,给我带吃的,方便面、肉包、几块大饼子,还有卤牛肉。我在里面待了整整三天三夜。我不想出去,就是出去恐怕走路也困难。我在小房间里走走停停,挪步有些艰难,我的身体真是很痛很累,但是,我感到自己连血液里都流着谈默的气味。我真喜欢那种气味啊。三天里,谈默一直就这样,脱我的衣服,脱自己的衣服,穿自己的衣服。后两天他沉默寡言。最后一天,他穿衣服穿到一半,光着上身,突然蹲在地上哭起来。那样子很伤心。我知道,他也许是为我才哭的。我心里很高兴,走过去,也蹲在地上,陪着他掉眼泪。他说:"安芬妹妹,我打小就喜欢你。可是我现在有对象了。你这么小,等你高中毕业大学毕业长大了,我都快老了,家里早就催我结婚了。"

我说:"你要跟那个胖姐姐结婚吗?"

他说:"我们已经领证了。"

我说:"你喜欢她吗,她喜欢你吗?"

他说:"我不喜欢她呀。但是我们的爸妈都挺满意的。我不能回来,我要在外面待下去,在南方闯出来,闯成一个人样。我爸爸你知道的,他特别凶狠,说既然出去上大学了,就别再回来这个冷不拉叽的小地方,给老子丢人现眼!我回不来呀,而且我回来我更不能娶你的,我爸妈会打死我的。可我一个北方人在外面很困难,人生地不熟,没有她家做依靠,生活都很困难。"

他这样说,我真的很心疼。我的眼泪吧嗒吧嗒地掉在他光光的背上。

我说:"她是做什么的呀,她家很有钱吗?"

他说:"她家里有个厂子,她帮着她爸爸经营着。"

我什么都没有说。我并不觉得结婚就怎么了,你们不爱,结婚就能永远吗?我总有一天会长大的,不需要上学,不需要挤在荔枝花的小房子里。但是,我心里有些自卑。我觉得自己太小了,我长得不快,年龄好像老是掉在谈默后面老远的。我的乳房只有小碗那么大,照镜子的时候,肋骨看得见,盆骨更是突出。我默不作声在那里掉眼泪。

谈默拍拍我的腰,说:"小妹你好好上学吧,大学也考到南方去,我们就能经常见面了。"

我更掉眼泪了。我抽泣着说:"哥哥,你走了之后,我的学习成绩很差。"

"那不可以的。"他站起来,批评我说,"你不好好学习,一辈子离不开亚布林山这个小地方的。"

我们退了旅馆房间,因为他第二天要回南方了。出门时他告诉我,他正和他的胖女人在度蜜月。我乖巧地点点头,说:"你赶紧走吧,别让她知道了,要生气的。"

走到楼下的巷子里,我问他:"哥哥,如果你有一笔钱,一笔不小的钱,是不是就不用依靠胖姐姐了?"

他说当然,我一定会有钱的,一定有那一天,我不要依靠她。

我说,我有钱,我现在就有。

谈默好奇地望着我。我说:"真的,好多,你需要的话,我就给你,没人知道的!"

"我当然需要。"谈默将信将疑地站在巷子口,说,"很多?你怎么会有很多钱?赶紧拿过来,我看看。"

我的心里有了一个主意,我要谈默哥哥尽快摆脱困难。我悄悄地回到家,从小床下面装旧书的纸箱底层,翻出了那个纸包,那匝与上海男人拉钩后得到的钱。我把它掖在外套下,回到巷子口。谈默站在那里抽烟,见到我后,接过纸包,蹲在地上解开。借着远处微弱的路灯光,我们眼前出现的就是实实在在的票子啊,那么整齐,那么紧密,那么厚实啊。谈默把它包好,揣在怀里,问要不要给我留一点。我摇摇头。谈默一只胳膊揽住我的腰,使劲吻了我一口,说:"小宝贝,我爱你。"

我几乎昏过去了。我多么幸福啊,谈默哥哥说他爱我,听到了,他说他爱我。我把钱送掉的快乐,比收到它时强烈一百倍,一万倍啊。

我们就这样告别。看着谈默急匆匆地消失在巷子深处,我才回到家。

我被荔枝花劈头盖脑一顿骂。她找了我三天,以为我失踪出什么大事了,差点报案。我说,有什么好大惊小怪的啊,我到同学家住去了,给你和你男人多腾点地方不好吗?

到第二个月,我发现我例假没了。第三个月一吃饭就吐。我知道我可能怀孕了。我想告诉谈默。可是这才发现,我依然不知道谈默在哪里。在南方,是的,好像上大学和工作都在南方,对象也是南方人。我想可能是上海,也许是南京、苏州或杭州什么的。想起南方,我只知道这些地方了。他到底在哪里呢?在整整三天的约会中,我居然没有问他一句,谈默,你现在到底在哪里啊,哪个城市,什么路什么街巷,坐几路车过去啊?如果写信,邮政编码是多少啊?我没有问,一句这样的话都没有问。可能谈默在我身前的时候,我就没有意识到他会离开。或者,他就离开一会儿,就回来了。站在我面前喊,嗨,安芬妹妹,你越来越漂亮了,天哪,真的越来越漂亮了。

有一天晚上,荔枝花弄了一大包山东大枣,我们围着桌子吃。吃到第三个枣子时,我突然恶心起来,咚咚咚跑到厕所就吐了。荔枝花疑惑地看看枣子,又看看我,再看看我看看枣子,问,怎么回事啊你?枣子挺好的呀,你怎么吐了呢。

"我不知道,可能怀孕了。"我坐到我的小床上。

荔枝花顿时脸色煞白。她把手中的几颗枣子扔到桌子上,把嘴里的半颗枣子吐到地上。然后慢慢走过来,站到我身边,说:"你发烧吧,你刚才说什么?"

"我不知道,可能怀孕了。"我重复了一句。

"你瞎扯个什么啊你,你懂什么呀你!"她从头到脚,上上下下地扫描了我几遍,说,"哦,噢噢,你前一阵子离家出走,是不是跟什么流氓瞎搞去了?"

"你才是流氓呢。"我顶嘴道。

"你不要嘴凶,这么大事出了,还不赶快告诉我,是谁跟你瞎搞的?"

"怎么是瞎搞呢,你那些男人才是瞎搞呢。"我气冲冲地说,"我和谈默,我爱他,怎么能叫瞎搞呢?"

荔枝花一听,像一条疯狗一样跳起来。她揪着我的头发,说你个小婊子,做婊子也要做得有点志气,有点智商吧,你跟那个狗日的家的小狗日的,搞什么搞,我操你安家祖宗八代的,你发情你不能随便选个人搞啊,你成心要气死老子啊,老子今天剪了你。她真的撒开手,跑到小卧室找来一把剪刀。安香吓得"哇"一声就哭起来。荔枝花冲她挥挥手,说闭嘴你,给我滚一边去,我要剪了你姐姐。

我一点也没有躲让,冷眼看着疯狗。疯狗再次揪着我的一把头发,哗啦一剪刀,把那把头发剪下来。荔枝花并没有解气,拿着那把剪刀就冲出了门。她一路冲到谈默他家去了,冲到了那个七楼。谈默的爸妈正在吃饭,见荔枝花像个疯狗一样冲进来,说要找流氓谈默。她妈就骂道:你个婊子,我家男人操了你几年,你找儿子算什么账啊。

荔枝花上去就给了那个女人一剪刀。剪刀戳在女人的胳膊上。血哧溜一下蹿上去老高。女人大叫,杀人了,杀人了。谈厂长一步蹿到里屋,反锁了门,打电话报警。等他报完警,偷偷拧开门往客厅一看,见两个女人全躺倒在地上。荔枝花已经昏过去了,她被谈默妈妈迎头泼了一锅滚烫的鸡汤,她立即被烫得眼睛睁不开,双手捂住头脸。谈默妈妈乘机拿锅猛夯荔枝花的头,荔枝花倒了下去。谈默妈妈这时已经失控了,这样的机会,她可能等了许多年许多年了吧。她用脚对准荔枝花的下身猛踢,一边踢,一边数,数到十几下,她撑不住了,发起羊角风,倒在地上,口吐白沫。

过了一会儿,警察到了,把两个女人都弄醒。谈厂长说,这个女人原先是我们厂的职工,插足我们业务往来单位客户的家庭,严重影响了厂里效益,被劝下岗,一直不服下岗,今天上门报复杀人。厂长老婆则展示胳膊上的剪刀伤,一边哇哇哭诉。说这个婊子公仇私报,还扬言杀我儿子来的,拿着剪刀到处捅啊,捅!

警察就把荔枝花拷起来,要带走。荔枝花下身已经湿透了,全是血和尿,脸上、脖子全被烫伤,红肿不堪。眼睛一点也睁不开。警察就喝问,这把剪刀是你的吗?荔枝花点点头。警察又问,你捅人家了,你过来捅人家了?荔枝花说,他儿子强奸我女儿。两个警察说这刁民还耍赖嘛,于是拖着她,把她像死狗一样弄下楼。可荔枝花伤势太严重了,没有撑多远,就晕在警车上。警车只好带她去医院了。

第二天,来了两个警察,找到我,问我说,听说你怀孕了,是谈默的,他是强奸你的,还是你自愿的。我说,我们是自愿的,我喜欢他。

警察就让我写了一个说明,盖上手印。过了几天,他们又来了,说你妈妈已经同意调解了,她跟谈默妈妈的医药费互不赔偿,各自承担,你的手术费由谈家付,赶紧去医院吧。就这样,我跟着他们,到医院去做了人工流产。

每次歌厅的妈咪或者是我的姐妹们听到这里,都替我着急,说这不是欺负人吗。我说没有啊,这怎么是欺负人呢,那的确是我自愿的啊,跟谈默没有关系啊。她们就不吭声了。你可能不理解,想想我们这些做K歌的女人,好像都有一段别人听起来极其头疼的感情经历。十个婊子九个必有破烂不堪的初恋,还有一个心智短路。有了那种初恋,九个跟一个就一样了,对这种男女之事变得很迟钝,觉得去牵挂去细究感情的事,很肉麻,很无聊。

姐妹中也会突然出现一个另类。她往往是这样一个女孩,穿着一身名牌,却对这个世界特别是这个世界的人,以及人胡诌出来的什么道德观价值观,不屑一顾。她染着彩色的指甲,当我们在热泪汪汪地谈着自己伤心的情感往事时,她在旁边一言不发地听着,然后用一种费解的眼神望着我们。

"你也说说吧。"

我们礼貌地邀请她,或者是出于礼貌,把一个属于倾力倾听中的控诉机会让给她。她会用涂成彩色指甲的那些手指,弹去一根细长的正在燃烧中的薄荷香烟,朝我们翻翻眼睛,悠悠地说:

"本小姐不像你们这么傻缺,第一次,十六岁吧,有个大姐问我,小美,第一次很值钱的,卖不卖?我问多少钱,她说五千。我以为听错了,可是,就是啊,五千,不是五百呀。我立即就说,卖。于是就卖了。那个付给我五千的傻缺,长什么样子我早忘记了,只记得他数钱的手肉乎乎的,一只金戒指又大又亮。男人是什么东西呀,有你们说的那么了不起吗?最好像我这样,看男人就看成是那双数钱的手。就这么着!"

我们目瞪口呆。她会重新点燃一支烟,自顾悠然地在那里吐烟圈。她在我们中的分量,在这一瞬间,变得沉甸甸的。她也许用不了多久,会成为我们这行姐妹里的偶像。真的,偶像。

在锦州做了大半年后的一天下午,我正在睡觉,睡着睡着就做了一个梦:突然听到人使劲拍打我的门,于是走到门后面从猫眼里往外看,见是一个人瘦得皮包骨,眼窝又黑又深,脸上、胳膊上全是疮,向外流脓流血。我吓得魂飞魄散,在门后问你是谁。门外的人一发声,我就知道是谈默,可谈默怎么会成这个样子了呢?"我是谈默,我是你的谈默哥哥,安芬小妹,快开门。"是啊,这还有什么好怀疑的呢,我说哥哥你怎么成这个样子了。谈默在门外面说,有人追杀我,你给我的钱,我一个子儿也没舍得用,可是我被坏人盯上了,快救我。我赶紧开了门,门打开后,我吓得差点昏厥过去——谈默是没有下半身的,我出现在他面前的一瞬间,他的上半身就咕咚一声掉在地上。他用双臂抱住我的脚,把血弄得到处都是。我一下子吓醒了,在床上簌簌发抖。抖了好一会儿,我才开始有脑子琢磨这个可怕的梦。我想可能是想谈默想得太过了吧,可能是……对了,我那时正喜欢迈克尔·杰克逊,经常在歌厅放他的歌,那里面的扮相,不都是血腥诡异的吗?我以为终于找到那个怪梦的由来啦。后来的事实证明,这个梦在现实中是有说法的,它不是来自迈克尔·杰克逊,恰恰就是来自谈默。而那次梦中见到的"半个身子"的谈默,就成了我所谓的"第二次"见到谈默,也是"最后一次"见到谈默啊。

（十九）

"难道谈默真的出事了？"

我变得十分好奇，而且在安芬的叙述中，心里越来越慌。我记得自己从小也容易怀疑自己的每一个梦，特别是那些噩梦，可能会与自己的现实是有联系的。进入青春期，特别是马力意外死亡，自己被铐过一夜之后，噩梦就变成了几乎每个夜晚循环上演的老节目了。所以根本无力再去每天追究那些梦与现实的瓜葛。

"是的。他真的出事了，而且事情出了几次，一次比一次严重，最终，命没了。"安芬走得很快，步子越跨越急促。她等了我两步，然后上来拉住我的手，带动我走得更快一些。我闻到她气息里的汗香。这让我焕发出一些精神。这个时候，我突然想起我们好像是开着车子的，怎么把故事说着说着，听着听着，竟然两人又在徒步了呢？

我不得不站住。安芬回过头来，问怎么了。我说我记得我们是上了车子的啊，上了你的波罗乃兹的呀。

安芬愣在那里，四下望望，一片茫然的样子。她说："我们上车子了？我们找到车子了吗？"

"当然，好像……"我努力回忆夹带在她的故事之中的现实情节。对了，我想起来了，我想再放金·瑞弗思的乡村音乐，就去寻找卡带，你制止我说："不要听金·瑞弗思了，太过悲观，而且，真的不适合在路上放。"我问："为什么不适合在路上放啊？"你说："因为他是交通事故死的。"对不对？

安芬的脸色变得煞白。看得出，她不是一般的吃惊。这几天，我从来没有见过她慌乱过，更不要说脸色都刷一下变了。

"糟糕糟糕啊,我们一定上过车了。"她耸耸自己的肩,又看看我的肩,说,"我们的行李呢,不在了,是不是放到车上了?"

我赶紧拉拉她的手,继续走。

"可能是我记错了,大概是故事让我们太专心了。"我帮助她解围。安芬没有再作声,一步一步地跟着我走。太阳已经变得混红,我们眼前的路也变得似曾相识起来。我们开始不断地走弯道,爬坡。我们看见了雪山,迎接到越来越严酷的寒冷。在一个大上坡上,我们两个几乎同时发出一声尖叫。我看见了前方不远处,已经有亚布力思度假村的楼顶出现。而安芬则跌坐在雪地上,双手捂住了自己的眼睛。

"怎么啦,安芬你怎么啦?"我蹲下去,想把她的双手从脸上扒开。可她捂劲很大,我一时竟然没有成功。我就蹲在那里,耐心地等待她自己拿开。过了好长时间,安芬终于把手从脸上拿开。她的脸更苍白了。她结结巴巴地说:

"我、我看到、看得到我的车子了,它就滚在、就落在那里、那个山谷里!"

她示意我扶她起来。我用了好大的劲儿,才把她从地上拖起来。她无力地抬起她的胳膊,用手指向左前方的一片山谷,说了以上那些话。

我沿着她指引的方向,前前后后,上上下下,远远近近,左左右右,看了一遍又一遍,覆盖着白的积雪的山谷,稀稀落落的树裸露着枝桠,就这些,其他什么都没有。对了,有一条电线顺着我们正在的坡道,贯穿着,一直通向度假村的方向,隔三岔五的电线杆孤独地站在雪地里。其他,确实没有任何东西。阳光尽管是微弱的,但在雪地的映照下,整个世界也还是比较有能见度的。安芬那么大一辆车,如果滚落在眼前的山谷,不至于我连一点影子都看不见吧。她一定是太累了,那些不算轻松的往事,也许在她漫长的叙说中,再次潜伏进她的意识,对她作出伤害。我必须让我们的注意力从车子上转移出来。

我赶紧帮安芬揉揉她的腮,并向她的脸哈着热气。我说,安芬,我们太累了,现在先不要找车好吗?度假村到了,现在我们最紧要的是,去餐厅大吃一顿,回到房间,泡一个澡,喝一杯藤香茶,继续讲我们的故事。

"也是也是。现在找车没意义了,我们到了。"安芬也向我伸出双手,揉我的双颊。我们互相揉着对方,直到彼此都有了一些暖意,脸上也出现了笑容,才罢手。然后,我们手拉手回到了度假村。度假村的餐厅果然已经开饭了。我们要了两大碗关东煮,面对面吃得满头大汗。安芬喜欢吃里面的肉皮,我就把肉皮全挑出来,一片一片地放到她嘴里。她每次都哧溜一声,把肉皮吸下去而不像是吃下去。我忍不住笑得都要抽了,我说你难道不嚼的吗,这么大一片片的肉皮啊。安芬说,我才不嚼呢,这么好的皮子,怎么能弄碎了呢?我说,你肚子里是不是有一家皮鞋厂啊。安芬说,是的,皮鞋厂,我这是在进货,进原料。然后哈哈大笑起来。餐厅里没有其他人,我们来早了或者是来得晚了,只有两个大师傅,在玻璃橱窗后,一边侃着大山,一边朝我们这边望望。如果我们正好看过去,他们就也附和着笑一下给我们看。

我太喜欢那些东北木耳了。安芬就把那些木耳给我。我尝试着也吸溜它们,可是差点没被呛死。安芬笑得眼泪都出来了,脸上渐渐恢复了血色。我则不断地故意吸溜关东煮里的每一样东西,以激起她更多的笑来。安芬的确是个容易开心的人,也有些健忘。她这会儿一定把她的波罗乃兹抛到九霄云外去了。

　　吃完饭,安芬去总台退掉一个房间,我们俩搬到一起住。安芬的房间比我的要大一些,她说从她的房间,可以看到对面的山坡滑雪场。我从窗帘的缝隙望出去,的确能看到远处白花花的一片,想必就是滑雪场吧,那个让我第一次饱尝滑雪摔跟头滋味的滑雪场。

　　安芬提议泡热水澡。我说当然。

　　安芬就先上来帮我脱衣服。我双手抱胸,说,"为什么我先脱,你不先?"安芬轻轻打了两下我的手背,说:"你等会儿看着我脱,才会有感觉嘛。你不是画家吗,这样说不准能激起你的创作欲望呢。"她边帮我边坏笑。我听她的,但是也没有完全听她的。她帮我的时候,我也帮她了。我的最后一件衣服落地的时候,她打打我的光屁股,说:"你不是小处男的吗,怎么脱女人衣服也这么熟练!"我回答说,才华如同火山爆发,不会让你观赏过程。

　　这个夜晚,我们在热水盈盈的浴缸中躺到后半夜。我们的头顶腾腾升着水蒸气。那些水蒸气,很能营造某种氛围。这种状态下,也才体会到为什么舞台剧,喜欢在浪漫和高潮处放烟幕。第一个发明舞台烟幕的人,也许就经历过这样的夜晚吧,我想。

　　安芬一会儿背对着我,坐在我的胯间。一会儿又坐到浴缸的另一边去,还把她的腿伸过来,搁在我的肩膀上。她忽然说:"你这个南方小混混,是不是听我把谈默的事讲完?"

　　"随便。但是提到谈默的时候,不许称我是南方小混混。"我说,"不过你在路上说你做了噩梦,谈默后来就死了,这里面有联系,我真是有点想知道呢。"

"你难道不是南方小混混吗?"安芬斜视着我,等待我对她送给我新称谓的认可。

"我的确是个南方小混混啊,可不要在说谈默的时候这样说我。"我说。是的,我怎么不是南方小混混呢? 大学勉强毕业,在体育馆找到一份设计海报的工作,三个月后就因为得罪馆长而被解聘,后来就混迹于大大小小的广告公司。那些公司很小却把老板谱摆得很大的男人,大都留着大胡子或穿着西装,有个别甚至一年四季穿着唐装,以此标识自己很中国很经典。他们说是干着"上帝不换"的事业,其实就靠行贿政府官员,或者拼命巴结一些品牌商品的销售大腕,乞求到一点残羹冷炙过日子。他们通常是奴才和蛮狠者的混合体,在机场接人,在咖啡馆与客户谈判,仪态和声调,堪比绅士。然而,他们私下里能为你报销一张的士票破口大骂,脏话连篇,对不谙世事前来应聘的大学传媒系小女生,动手动脚,而一旦把她们弄上床,女孩过生日的时候却连巴掌大的蛋糕都舍不得送。就是这些人,我这个美院毕业生却不得不走马灯似的跟他们打交道。"你给老子滚,滚得越远老子的业务越兴旺。"他们通常叼着一支烟,烟从他们的胡子间冒来冒去:"你这样的自认为人才的瘪三,现在都不用到人才市场找,民工市场都满把抓。"有时候我跟他们打架,最后以自己被打得鼻青眼肿告终走人。后来我索性不去任何所谓的单位应聘了。我在城郊租住的20世纪80年代建造的水泥垃圾房里画画儿,以别人要价的三分之一承接二三流杂志图书的插图活儿。大多时候,我在画自己的画儿,除非方便面快要吃完了,我才会想到去挣第二笔钱。人其实都是在等死的,与其跟自认为主流的社会杂碎一起等死,不如一个人自由自在地等死。我也不要当什么画家,就是你把自己玩到曾梵志、岳敏君那么牛逼,一张画拍到几千万元虚高,那又怎么样呢?也不过是效仿那些娱乐界的艺人,用装模作样买一些垃圾时尚杂志版面、摆"波丝"来证明自己的牛逼成功罢了。那些人其实是物质狂,是守财奴,他们根本不是艺术家。艺术家是什么呢?如果我的画真正被几个人喜欢,我有一笔钱我做不了高尚的堂·吉诃德,也要做一个现实的大仲马呀,把财富直接地在各种低档次的消费场子挥霍掉,一路云游,让钱合理地流到小饭店的服务生、卖笑陪酒的小姐、挥汗如雨的长途汽车司机、摆地摊的小商贩,流到他们的口袋里去。我死之前,最好是身无分文的,连大仲马的那三个铜板都没有才好呢。我可以毫不惭愧地想象那些善良贫苦的人,在挣到我的某一笔收入之后,送一件廉价的衣服给情人,割两斤鲜肉回去犒劳老婆孩子,想象他们躲在富人豪宅的屋檐下与情人约会的简单快乐,他们破房子里飘着肉香的欢声笑语,那么我死的时候,一定像一个一辈子行善的基督教徒一样,静静地微笑着,像一个手抓糖果睡着的孩子一样满足。

"南方小混混有什么不好啊,我不是喜欢上了吗?"安芬放下一条腿,在浴缸里搅合着。"谈默早已经是一个死人,人死了其实不要紧,要紧的是他的灵魂在别人心里活不活着。可是,谈默的灵魂在我心里死了。不然我那些碎心的往事,枝枝叶叶的,怎么跟你这个才认识几天的小混混倾诉呢?"

这会儿在安芬脚心的抚慰下,我的确很舒服了。我在水里仰着身子,闭上眼睛说:"谈默到底是怎么死的呢?"

"被毙了。"

"什么?"我睁开眼睛,看到安芬的表情并不像是在搞笑。

"是的,被毙了。"

"他怎么会被毙的呢?"安芬留给我的谈默的印象,怎么也跟"毙了"联系不上。

"我也曾经想不通。可是生活的现实,不会跟着人的思维逻辑跑啊。"安芬依然平静地说,"我在锦州做噩梦遇见他的那个时候,他的确出事了。那时候南方他所在的城市正在搞一场严厉的执法行动,从快从严缉查打击一批犯罪,以拯救城市的堕落,以及扼制居高不下的犯罪率。"

"他犯罪了?"

"在某些特定时候看来,他就是在犯罪,不可饶恕。"安芬把她的双腿收回去,坐起来,用双膝支撑着自己的下巴,说,"比如,荔枝花,还有她的上海男友。荔枝花与谈默父母打架,就是为我怀孕打架的那次,那个上海男人那年来到亚布林山,把荔枝花接出医院后,他几乎崩溃了。因为他回了一个月上海,再回来的时候,他的风骚十足的女人,已经变成了一个脸和脖子被烫得到处是疤的怪物,下身也伤得一塌糊涂,恐怕连做爱都没法子了。女人还变得痴痴呆呆的,整天坐在小阳台上晒太阳,半天不说一句话。上海男人就急了,有一天,突然发作,从厨房里拿出大菜刀,说啊拉要砍死侬个恶棍呢。"

"你们让他去了吗?"我说,"我们南方男人,像他这样血性的,还不多见呢。"

"荔枝花走到他面前,抱住他,顺着他的身子滑下去,双膝跪到他面前。"安芬继续平静地说:

我和安香站在一边,呆呆地看他们。荔枝花说,你把刀放下来,别吓着孩子们。男人就也跪下去,与他的女人对跪着,顺手把刀放在地板上。荔枝花就说,你不要跪着,我要跟你交代事情,我欠你的,所以我跪下来说。我这一辈子虽说做了许多不要脸的事,但是我从来没有给人下跪过,以后也不会给谁跪着,你给我蹲着,坐着,站着,随便你,就是不要跪着,你跪着我就说不了心里话了。

男人的泪滚滚而下,他坐在地板上,双手死死抱住荔枝花的腿。荔枝花用手替她的上海男人擦擦眼泪,说:刚才还要去杀人,这会儿又猫尿尿了,别没志气。我要你做一点真正有志气的事。你一个外地人,本来跟我们娘儿俩也没什么瓜葛,别陷得太深,别搅到这件事里来。你赶紧带着安香,回到你的上海去,以后不要来了。忘掉我们,这样你们才能过上太平日子。如果手头不紧张,就留点钱给我,安芬明年高中毕业,我再养她一年,她能不能上大学,能不能工作,反正十八岁了我就不管她了,但这一年我得糊过去。我这个样子,没法挣钱,出门都困难了。你们走吧,走得远远的,别连累了自己,安香还小啊。她又吩咐说,女孩子不好养,教好了容易吃亏,教邪了容易吃大亏,你一个大男人带一个女儿,绝对不行。你一定要服一次软,低一次头,把安香送给她妈妈,求她带着她,把她拉扯大,教成人啊。

荔枝花和她的上海男人,那晚如同生死别离,交换遗言。他们一直在地板上哭着,说着。那天晚饭是上海男人做的。他在菜里放了许多糖。我们吃了,都说,甜了,甜了。荔枝花就笑了,说甜点好啊,甜点好啊。上海男人的眼泪就吧嗒吧嗒掉在碗里。第二天一早,上海男人就带着安香走了。安香在我身边起床的时候,我醒了。安香穿上衣服下床后,就站在我床头,用她玻璃一样的眼睛,望着我说,姐姐,你什么时候来上海找我啊?我说,姐姐明年考上海的大学,不就见着了吗。

上海男人走到我的小床边,拍拍我的枕头——他一定以为他的那些钱,就压在我的枕头底下。他说,安芬啊,你快是个大人了,这个钱你们留着,节省着用啊,妈妈不知道的,你支配着用。你妈妈身体不好,你多担当一些责任啊,千万记得,姓谈的一家都是坏人,把你们害了。

然后,他就带着安香走了。据说他回到上海,就把安香送到前妻身边去了,然后在沿江的一些城市,到处寻找谈默。好几年后,也就是我刚才说的,我在锦州做噩梦的时候,谈默终于被他找到了。原来谈默只在横滨待过很短的时间,然后回到国内,受聘在日本一个生产复印机的株式会社上海代表处工作。而且,谈默就是在苏州上的大学,然后认识那个上海胖姑娘,就倒插门在上海就业成家的。那场从严惩治犯罪的运动给了上海男人一个机会,他就去举报谈默跟我的事,最后一番调查属实后,谈默被逮捕,以流氓罪被判了四年。事情一暴露,上海姑娘就跟他离了,谈默的一切就完了。坐完四年出来后,他像条流浪狗,在长江沿岸的城市间溜达。男人可能就是这样,较劲,憋气,复仇。后来他不知怎么找到上海男人的前妻和安香的,就把她们娘儿俩给杀了。

后来他就被毙了。他就这样被毙了。也是活该,就这样被毙了。

我那时在外面瞎混,挣钱——其实上海男人离开不久,我就退学,出来闯荡了。荔枝花几乎是个废人了,早早进了养老院。那时候亚布林山刚刚有第一家养老院,建在郊区山下的一个树林里,新房子新设备,我觉得荔枝花这样的人,待在那里挺好的,饭来张口,衣来伸手,闭门不出,安心余生吧。她进去后,我就出来挣钱了,每年给她寄点钱,支付养老院费用和给她零花。谈默被枪毙之后将近两年,我才知道的。荔枝花生病住院,养老院的人根据我汇钱的地址,好不容易找到我,说你妈不行了,住院,想见你一面。我就回亚布林山。荔枝花见到我的第一句话,就说:丫头,你知道吗,谈默被枪毙了,几年了。我说为什么被枪毙啊。她说,他把你妹妹和她妈妈给杀了。这一家人,心就他妈的狠啊,该死。

我沉默了好一会儿,然后我说,是,早该死。

荔枝花忽然笑了,说,你终于明白过来了,我的傻女儿?

我说,什么呀妈妈,你理解错了,我说他该死,是因为我那笔钱没有了。

荔枝花瞪大了眼睛,看得出她十分震惊,眼睛里的光简直就是她的回光返照了。

"原来你这么傻,我还以为你自己把那笔钱拐跑了呢!"

然后她别过脸去,什么也没说。我在她脸颊上亲了一口,替她拉好被子。就一直呆坐在病床边,陪着荔枝花。直到第四天,她才走了,其间始终没有再对我说一句话。第五天办完她的后事,第六天傍晚我在亚布林山火车站候车厅,一支接一支地抽烟,然后想,谈默死了,哦,谈默死了。好荒唐啊,守了好多年,不知道为什么,为了等他死掉吗?死了就算了,他在我心里折腾得太厉害了。荔枝花也死了,我也算少了另一份牵挂吧。我想这个时候我应该嚎啕大哭吧,管他车站人来人往,关他们什么事呢?关那些猎奇的目光什么事呢?

可是,我没有能流出眼泪来。谁也没有在意我。这个世界忙忙碌碌，人们走着马灯，在彼此间穿梭，却谁也不会停留下来留意一下我。我加入到他们中去，登上火车。

亚布林山在我屁股后面了，亚布林山跟安芬没关系了吧，去他妈的亚布林山，我不找你，以后你也永远别找我了。我就这样在心里嘀咕着，诀别了亚布林山。

我感到水有些冷了，想再放些热水。安芬制止我，说我们别再在水里待了。她裹了一条浴巾下床，到窗口去。我跟着出了盥洗间，找到安芬的香烟，为她点了一支，送过去。安芬接过烟，一边撩开窗帘，看外面。她说，雪又大了。

我看过去，果然雪花漫天飞舞。一团一团的，混乱不堪地飞舞着。她打了一个喷嚏。我担心她会受凉，就找来一条干浴巾，帮她擦身上的水。安芬转过身，用浴巾把我一起裹住。我们默默地望着对方，站了很长时间。房间里的灯光非常昏暗。世界沉浸在一片寂静里。只有雪花在飞舞着，只有雪团在飞舞着。它们在她的身后飞舞着，在我的面前飞舞着。我把安芬抱得更紧，更近一些，更紧一些。我幻想这样抱着她，我的力量也许可以尽快把她的故事，从她的身体里挤出去。

我们都不要这些故事了吧，我想。

"我们都不要这些故事了吧。"我说。我轻轻地在她耳边说，"我们要自己的故事，我们应该有自己的故事。"

安芬也同时抱紧了我。她说："你会离开我吗？"

"不会。"我说，"你会离开我吗？"

"不会。"她说，"除非，谁先死掉，或者，我们根本就不在同一个世界。"

我赶紧用手量量安芬的额头，发觉真的很烫。我觉得今天她太累了,一股脑儿说的那些过去,也太多了。我原以为我的故事是惨淡的,没想到每天中大部分时间都在笑着的安芬,竟有这样的初恋和身世。我劝安芬躺到床上去,然后我们双双躺在床上,钻进被子。安芬把背对着我,身体弯曲起来。我从后面抱住她,顺着她的曲线贴紧身体。我又想起了昨夜在帐篷的野外,我们这样贴紧躺着的时候,我想起的小野良子和约翰·列侬的合影。他们为什么要拍那样的合影呢?难道约翰·列侬知道,有一颗子弹已经在路上寻找他来了?还是这根本就是小野良子的主意,她觉得约翰·列侬会离开她?即便没有那颗子弹,约翰也会以别一种方式,从她的身边消失?

好在,小野良子好像还活着吧。我想,也许我今生有机会见到她,向老人家求取一个确切的答案。

(二十)

等到我醒来的时候,我这才发现安芬的房间是在一楼。窗帘拉开的地方,安芬正在玻璃外面躬身忙碌着什么。我走到窗前,见她在堆一个小小的雪人。人已经堆好了,歪着头,一双小黑石子嵌成的眼珠,竟然有些空灵和深邃。安芬正忙着从雪层下面揪出一些枯草,仔细地编织一条辫子。

我敲敲窗玻璃。安芬站起来,看我,然后捂住嘴巴笑起来。我疑惑不解地望着她。她朝我做了一个鬼脸,然后把那把尚未成型的辫子草,往裆间一比画。我猛然醒悟,我是光着身子站在窗子后的,于是赶忙拉上窗帘。

简单地洗漱一番,我穿上棉衣,这时才发现安芬的房间堆满了生活用品,简直就像一个固定生活了好久的闺房,完全不同于一间宾馆的临时客房。我心想她出门过生活,还真挺复杂化的,就出去找安芬。

安芬的雪人已经堆好了,细节也已经完工。她蹲在雪地上,痴痴地打量自己的作品。

这是一个一米来高的雪人,扎着辫子,歪着圆乎乎的脸,瞪着一双黑眼睛,迷茫地望着天空,或者说,望着我们。安芬对我说,她是妹妹安香。我说,很可爱,真的很可爱,就是有些太,太怎么说呢,不应该是这个年龄的神情空洞。

"每年冬天来亚布力思的时候,我会趁着大雪,堆一个雪人安香。"她说,"我第一次过来的夜晚,突然做了一个梦,说她就在亚布力思度假村附近的某个地方,也许就是传说中的藤乡。我见她在那儿幸福地长大了,人们都宠爱她。有许多男孩每天在她的窗前唱歌,她想选择一个,但发现自己乱了阵脚,因为看起来,每个男孩都值得她爱一番。所以,她就来找我,就站在这里,敲我的窗户玻璃,喊我姐姐。"

"昨天你不是说,她死了吗?"我提醒安芬。安芬看看雪人,帮她顺顺"辫子"和"头发",说:"是啊,她被谈默杀死了。可是,我最后的印象,是她在床前向我辞行啊,上海男人拉着她的小手,一步一步地走出了小房子的门。门轻轻地在他们身后合上,他们再也没有回来,没有回来过。多少年后,变成一个消息,荔枝花垂死中的几句话。"

"可是,你也不太喜欢她,不是还虐待过她吗?"我轻轻地说了一句。

"我们也相依为命啊。"安芬用脚尖拨弄一些雪,围在雪人的脚边。"我发现后来的这些年,我竟然牵挂的就是她,只是她,一个南方的小丫头,有点空灵的小丫头,喊了我几年姐姐的小丫头。我不知道谈默,怎么下得了手的呢。不提这事了。后来每年,我就在这里堆一个她,在我住在这里的日子,我总是在深夜梦见她,听到她在外面喊我。"

安芬这样说着,我突然冒出来一个古怪念头,我说,"安芬,如果我也死了的话,以后你会不会在这里多堆一个我,跟你妹妹站在一起?"

安芬惊讶地看了我一眼,然后就笑了,说:"当然会,如果是那样,我会把妹妹堆成一个大女孩,你们相互依偎,站在这里的冬天里,一起沐浴阳光,经受风雪,然后一起消融在春天里。"

"浪漫啊!"我说,"不过就是个小孩子嘛,堆成大女孩就是你了,就是安芬而不是安香了。"

"如果她活着,她就是个大女孩了。"安芬在雪人小女孩头上丈量出一个高度,说,"我想,她应该有这么高,说不定,更高。"

我点点头。我们把地上简单收拾了一番,就离开了"安香"。

想必夜里的暴雪停息得早吧。现在天空虽然像被浇铸了一样,铁色凝重,但毕竟是又一个白天降临,些许的光,还是从上方的严密里溜了进来。隐约我们还可以判断出太阳的位置。应该是晌午了吧。饥饿向我袭来。我说我要讨饭了,马斯马斯米,给点密西吧。安芬又笑起来,我们踩着几乎是无任何痕迹的雪地,走到副楼餐厅。

吃饭的时候,我忽然发现餐厅墙角吊着的小电视,在播放度假村的介绍,除了没完没了地展示规划宏图,里面还穿插着一首 MTV：

> 听见　冬天的离开
> 我在某年某月　醒过来
> 我想　我等　我期待
> 未来却不能因此安排
> ……

旋律很好听，但影像实在不敢恭维。摄像师一定是哪家小广告公司的吧，似乎特喜欢用仰拍和摇晃，加上一些拙劣的闪烁特技，整个影像看起来就凌乱不堪。尽管如此，MTV 中的女歌手，我还是看出来绝对不是孙燕姿了，当然歌曲更不是孙燕姿的原唱。好像就是安芬呢。对啊，怎么不是安芬呢？背景是热闹的酒吧，安芬摇晃着身子，或者说，镜头摇晃着安芬，她化了浓浓的舞台妆而已。她不紧不慢唱着：

> 向左向右向前看
> 爱要拐几个弯才来
> 我遇见谁　会有怎样的对白
> 我等的人　他在多远的未来
> ……

显然就是安芬啊，那声音现在我听起来再熟悉不过。我疑惑不定地看看安芬，又看看电视；看看电视，再看看安芬。

"那难道是你吗，安芬？"

"是啊。"她说，头也没有抬，一边吃饭，一边笑。"度假村要在新楼——将来的新楼里,开设很多娱乐项目,其中规划了一个很高档的酒吧。这么寒冷的地方,客人白天可以滑雪,晚上总不能一直待在房间看电视吧。他们发布广告招聘歌手,我就来了。前一阵子来试唱了几天,他们挺满意,就录制下来做宣传的吧。"

"啊呀,怪不得在这里,你像个主人似的。"我这样说,真的好些事就想过来了。比如今天起床的时候,发觉安芬的房间是有许多日常生活用品的,不像是短暂居住一两天的客房。

"就是啊,我算是被录用了吧,可以算个新主人吧。"安芬有些得意。我帮她把嘴角的饭粒弄掉,她扒了几口饭,又弄了几颗上去。我忍不住笑起来。然后,再去弄她嘴上的饭粒。安芬就说:"小时候谈默也喜欢帮我弄这个,我这个人就是这样,一顿饭吃完,饭粒从嘴巴上,到胸脯上、衣服上、地上,全是饭菜。至今改不掉。"

她又提到谈默,我看了她一眼,心想一个杀人犯,有什么好念叨的呢?安芬会意了我的眼神,说:"对不起,不提那人了。"

我说:"没事。"

她站起来,走到我背后,用胳膊抱住我的头,放在她的胸间。我闭上眼睛。她在我耳边说:"我会把这首歌,原唱一遍给你听。这是我最拿手的歌。"

"一遍不行,一首也不够。"我说,"我想,我以后可以天天陪着你在酒吧里,听你唱歌,把你喜欢唱的、会唱的,统统听掉,听得烂熟。说不定我会改行,不画画儿,我写歌呢。"

安芬在我背后嘻嘻地笑起来。她说:"你要写出孙燕姿歌曲里的那种慢歌,有些伤情调子的,我一定能唱好。王菲、容祖儿那种也行,甚至阿雅,我也喜欢。但韩国歌曲我不喜欢,他们抒情弄感伤的时候,有点过了,快接近伪英雄主义了。"

我对流行歌曲不如对绘画熟悉。我当然没法去跟安芬讨论什么孙燕姿、王菲、容祖儿和阿雅,就更不要提韩国歌曲的什么伪英雄主义格调了。我就提议离开餐厅。出了门,安芬建议滑雪去。我一听滑雪,头皮真的发麻了。与其说是去滑雪,对我来说,还不如说是去摔跟头。但想想,下午在这个冰天雪地的度假村,也没有更好的事情可做,学学滑雪,也行吧。就跟着她,去租了家伙,来到滑雪道上。

我已经把如何穿着这套行头,忘得一干二净。只能像个孩子一样,听任安芬的摆布。安芬给我穿完,就开始带着我往坡子上去。我每上去几步,就发现不同的景象。一些滑雪者哗啦哗啦地从身边疾行而过,有的尖啸着,有的大笑着,有的发出惊恐的呼喊。如果回过头,总是发现万千景象变化不断。云彩仿佛到了我们的腰间,半山的树林竟然在雪的覆盖中呈现出勃勃生气,有的竟然是葱绿的,有的是火红的,有的则是金黄的。走到坡子上,天竟然变得湛蓝,半道上云蒸霞蔚,宛如仙境一般。我惊诧万分,问为什么是这样。安芬转过头问我,什么为什么是这样。我说这样的景象啊,仿佛是在天上一样啊。安芬哈哈大笑,这一点高度就在天上了?我说不仅仅是高度的问题,是景色。安芬说,很平常啊,这里就是这样的。然后就拉着我,教我弯下身体,并尽量直身半蹲。最好膝弯90度,她说,一边给我做了一个示范。然后拉着我就往下冲去。

我一头扎进了无边无际的云海,或是风海。我甚至闭上了眼睛,只凭着安芬拉住的一只手指引方向向下滑行。不一会儿,已经感到完全是在飞翔,整个身子失去了重量,所有的身体感觉,只剩下耳边华丽的风啸和那一只牵着安芬的手。难道奇迹真的发生了?奇迹真的发生了!可奇迹为什么会发生呢?简直不可思议。我的确"飞"得很好,我对自己的身体完全有了把握,我驾驭着它,穿越在空气中,云雾中,林海间,山坡上,雪被里。我的滑板熟练地刨开积雪,把它们分成四股雪浪,飞溅在身体两旁。我的滑板还不时跳跃着,从一段高地跳向另一段高地,又落在一段低地,并再次爬向一个高地。我的另一只胳膊,带着雪杖,像鸟的翅膀一样,展开了,在空中划着美丽的弧度。不知过了多久,我尝试着把眼睛睁开,顿然眼前的景象,如同一股强大的电流,击中了我。我看见浩淼的天空下,一片绚丽的大地,山林随风摆动,像一张巨大的彩色毯子,被舞台灯光照耀着,同时被巨人牵引着,抖动着,此起彼伏。山林后面是壮阔的田园,淡绿色的,在阳光下阡陌纵横。远处半空中,海市蜃楼一般挂着一座村庄,被云彩托着,那些房子在阳光下,轮廓凸显。我兴奋地大叫起来:

"安芬快看,藤乡啊!"

我没有来得及细看,话音刚落,便陷入一片云海,然后轰隆一声,感觉自己的身体回来了,有了十分的笨重。安芬把滑板一交叉,嚓一声就刹住了,定格在跑道。而我像脱缰的野马,从她的手中脱开,向前继续翻滚而去。

我被摔出去几十米。安芬站在那里,呆呆地看着我,翻滚,一下,两下,不知多少下,终于卡在厚厚的雪地里了。她这才划过来,看看我有没什么问题。我说有,完了,几个地方都摔破了,身体分家了。

"哪里啊,快给我看看哪里啊?"她紧张地拉我起身。

"屁股摔成两片,蛋摔成两粒的啦。"

安芬哈哈大笑,笑得一点力气都没有了的样子,我乘势就把她按倒在雪地上。我们在雪地上打架,像两条雪橇狗一样,一会儿我把她扳倒,一会儿她把我按倒,一会儿抱着滚过来滚过去,直到两个人精疲力尽。

我们平身躺在雪地上。天空一点也不像途中那么绚丽,灰暗灰暗的,依然如同出门时那种灌铅铸铁的样子。我觉得太奇怪了,问人在一种特殊的速度中,会不会产生幻觉,因为我在滑雪途中,看到了太多不同于现在的景象,宛若仙境。

"而且,我发现,藤乡就在森林的那边,一片云海上下的村庄和田园。"我比画着告诉安芬。安芬说,"我年年在这里滑雪,从来没有见到过藤乡,你刚才叫我时,我也发现了一片绚丽,只可惜没有来得及细看,就滑进坡地下面来了。"

"最不可思议的是,我居然这么熟练,从上面冲下来,飞一样的,直到最后才摔倒。"我最疑惑的当然还是自己的力量和技能奇迹。安芬得意地说,"我不拉住你,不带领你,你单独试试看。"

我还真有点不服气,就起身到滑道的顶上去。安芬劝我不要试,说这样太累了,不如明天再来嘛。我没有听她的,一口气爬到坡顶。安芬变成一颗很小的点点,在远远的下坡末端。我累得满头大汗,不得不站在上面休息一会儿。这当儿,我望着四周,天地良心啊,什么彩色云海、树林、湛蓝天空,真的一点也没有。难道就这么一会儿,天气变化了吗?有俗语说山上的天气女人的心,说变就变,难道真是变天了?我仔细回想,觉得好像也是有变天可能的。我听见安芬在下面喊我,一声一声,一声一声,传递得艰难而又遥远。我突然感觉到一股寒冷加孤独。四下看看,一个滑客都不见了,天地间变得死一样寂静。只有安芬的声音,从下面断断续续地传过来。我不禁有些害怕起来。这也太奇怪了。我赶紧做了几个热身动作,然后蹲下身子,把两支雪杖使劲向后一撑。

我的身体便飞跃下去。然而,也就是短短地那么几秒钟,它是有序地向下飞翔的。这个动作和姿势,我根本没有来得及储存到后续动作的记忆库里,更没有来得及学以致用,我的身体就变换了另外的姿势。变换了另外的姿势,这样说,其实是故作体面啊。我其实马上就混乱不堪地栽了下去,一个跟头就着一个跟头,像炒中国菜一样翻滚下去。当然,有些跟头看起来一定还算精彩,起码算得上空翻吧,花样一定也是千奇百怪的。天旋转得越来越快,最后把我装进了一只巨大的灰色转盘里。这只转盘哐当哐当地滚下山坡,最后像一块巨石砸进不算太厚的冰河里,引起一片开裂声。

"看到藤乡了吗?"

我能听到安芬问话的时候,一定有那么一阵子之后了吧。安芬抱着我,坐在雪地上,不断地摇晃我的头、身子。我睁开眼睛,我说,什么也没看到,真的,就跟眼前一样,到处是灰灰的。

"不应该让你上去。"安芬有些懊悔地说,"可是我的确也在半空中看到了美景,而且似乎就是梦中的藤乡,寻找了多少年,怎么就在眼前呢?我也纳闷呢。加之你跟我一起时,滑得那么好,我就让你上去了,结果这样了。"安芬吐吐舌头。我站起来,活动了几下胳膊和腿,欣喜地发现,什么都在,什么都还是好好的,就得意地笑了。安芬说:"你看你看,你自己没缺胳膊少腿,可东西都丢了。"

她向山坡指示。我看过去,果然我的雪杖、滑板,甚至靴子,叮叮当当掉了一路。最远处的是一把雪杖,居然在很高很远的坡子上,大概做完第一个翻滚就丢掉了吧。我止不住笑起来。安芬向我撇撇嘴,做了一个鬼脸,然后就过去一样一样地捡回来。

我依然埋在对这奇怪的事情的奇怪中。安芬收齐了东西,走过来拍打着我身上的雪,说:"别多想了,也许我们彼此才是藤乡。手拉手在一起飞,才会发现世界不同。"

有时候,安芬随便说出来一句话,就是把我吓一跳。你要说她直白,她要多直白就多直白。你要说她哲学吧,她有那么几句,简直可以传世,至少我觉得足以传世呢。

(二十一)

睡觉前,安芬帮我捶捶打打了半天。我感到摔碎的骨头又整齐排列起来了,血液也哗啦哗啦地活跃起来。

我提出也帮她捶打一番。

安芬说好吧,就高高兴兴地趴下。背上揉得还算顺利,安芬呼呼地睡着了。我坐在那里,守着她,一边仔细回忆这几天的经历。心里不自觉温暖了许多。但头脑中也许一下子塞进的故事太多,情节混成一团,只是一会儿冒一个细节,一会儿冒另一个细节,头都想得疼痛起来了。特别是,我试图去思考那些看起来脱离实际的现象时,头就似乎要炸开了。看来,我不应该去想这些,不应该把一些也许仅仅是世俗生活里不配具备的事情,放到世俗的思维里来考据。这一定是无聊而又愚蠢的。反正,安芬活生生地在我的身边,哪怕只有这一样是真实的,我都欣慰万分了。

安芬翻了一个身,就醒来了,用好奇的目光看看我。我说,还没有按摩好呢。就动手按摩她的身体。她笑个不停,扭着身子躲闪着。

"我是特别特别地怕痒痒呢。"她说,"后背迟钝一些,前面真不行。"

既然她这么说,我就故意加大动作。安芬吃不消了,从床上跳下去,钻进了盥洗间。过了一会儿,她光着身子出来,一头钻进被窝。我也脱了钻进去,手正好放在她的乳房上。那只残缺的乳头,便跳跃到我的掌心。我的心不禁一阵颤疼。

"在你之前,没有人抚慰它。"她说,"那些人对着我的身体,甚至没有想到占有,就撕咬……"

"安芬亲爱的,忘了吧。"我说,"我们不再需要过去,也不讲过去了,行吗?"

安芬点点头。

我探下身子,用嘴巴轻轻地磕着她的乳头。安芬呆呆地望着天花板,忽然说:"你以前有没有想过结婚?"

"结婚?"我停下动作,平躺下来。安芬翻身,把下巴抵在我的胸脯上。我说,我还真没有想过结婚这回事。

"如果我嫁给你,你会觉得我老吗?"安芬的神情里充满遐想。我说,当然不会,跟你在一起,我从来没有去想过年龄什么的。

我们俩开始假想一场婚礼。安芬觉得应该穿春夏秋冬四种颜色,四种款式的婚纱,觉得我应该一直穿一套浅色的西装。我说,那是不是太俗了。安芬说,那就订做一件燕尾服好了。我说,是好看,但是太西式了吧。而且我个儿也不高,那么长的燕尾,会把自己穿得十分单薄,说不定看上去很猥琐。

"怎么猥琐呢,哈哈。"安芬又来了说话兴致,"难道小男人穿大衣服就猥琐,那就裸体好了,现在不是流行裸体吗,你就裸着吧,裸着就威猛嘛。"

"现在真正时尚的,是美女文身,新娘文个身结婚,多潮啊。"我说,"文上自己的爱情观、理想人生观,甚至个人基本资料——姓名安芬,性别女,籍贯亚布林山,结婚理由我们彼此是藤乡。"

"啊呀你这流氓画家。"安芬翻身骑到我身上,说,"我是一定要穿婚纱的,女人穿婚纱,就是进入天堂般的神圣装束。"

接着她说,接新娘的时候,她要我站在她面前,唱一支爱情歌。"你告诉我,唱什么歌给我,不许多想,赶快唱出来。"

"两只老虎,两只老虎,跑得快,跑得快……"我一脱口就唱了几句。安芬又忍不住哈哈笑起来了。我说,若是这样,我一定提前学一个乐器。我从早上见面开始,就开始,比如拉二胡吧,哦,不行,那个太悲。吹唢呐吧,或者,弹吉他,对,吉他啊,我大学还学过几天,买的吉他后来送上铺的师兄了。我就唱:跑得快,跑得快,一个没有耳朵,一个没有尾巴,真奇怪,真奇怪!

"谁没有耳朵,谁没有尾巴啊?真奇怪!"安芬捏着我的鼻子问我。我说:"我没有耳朵,因为我弹你听,你不能没有耳朵;你没有尾巴,因为我得有尾巴,我要留着它当新郎入洞房呀。"

安芬爆发出更大的笑声,说南方小子怎这么坏啊,太坏了,我不嫁了,跳火坑呢这是。

我们继续"策划婚礼"。安芬说,还是出去旅游好啊,绕地球跑一圈,最好骑自行车跑,偶尔换热气球,上到天上看人间。我说,最好到月球上去,请吴刚当伴郎,嫦娥当伴娘,小兔子帮我提燕尾。安芬说,这个不现实,最好弄个透明的大氧气包,像我们那夜住的塑料薄膜帐篷一样,但要密封同时给氧,沉到大海深处去,并且随着潜流漂移,然后漂到哪里,就在哪里登陆,成为那里的公民,生一个那里的小公民,一串那里的小公民,一串一串的小海龟,哈哈。我说,这个主意不错,运气好会在澳大利亚登陆,运气一般会在马达加斯加登陆。安芬插话,马达加斯加比澳大利亚好,我不要那些所谓人人向往的地方。

"那就太平洋里随便一个绿色小岛吧。"我说,"如果那里根本就没有人居住,我们正好上去吃禁果,生娃娃,当亚当夏娃,创造一个新人类。"

"这个好,这个我喜欢。"安芬兴奋万分,仿佛真的有那么一天,有那么一个小岛浮现在我们眼前,成为上帝赠送的结婚大礼。"既然我是创造人类的夏娃,我从第一天起,就不教我的孩子假恶丑,压根儿就不让他知道人该有这些,人应该只有真善美,这样大家都好。"

"可是,世界上没有这样的孤岛。"我不得不泼她一点冷水了。

"你总是悲观一些,想象一下,还不行吗。"

"说不定还有更糟糕的结果。"我说,"比如,咱们漂到地中海,一登陆,妈呀,叙利亚,正乱着;一登陆,妈呀,利比亚,卡扎菲正在跟反政府武装干仗,北约正在扔导弹。当然,地中海不容易漂过去,但往东容易啊,一衣带水容易吧,万一漂到朝鲜呢,或者漂到日本,一抬头,人家正打着标语——福岛核电站欢迎你。"

"其实,我理想中的婚礼,是有朋友帮忙,跑前跑后,多少天前,就为我出各种整蛊新郎的馊主意。"安芬用手指弹弹我的额头,说你啊你,真缺德啊,这都什么乱七八糟的设想啊。停顿了一会儿,她说:"我心里想象过无数次呢。我应该有个爸爸,头发花白,我习惯对他撒娇,甚至欺负他。我出嫁他反复问我,那小子是不是真心爱你的?你是喜欢他的富贵还是怜悯他的贫穷?他对我说的每一句话,都是字斟句酌,我对他说的每一句话,都是没心没肺。我出嫁期间,他一直在忙碌,厚实的背脊上,经常是汗水浸透了衣服。他把我抱上婚车,亲手交给新郎,带着七分的担忧与爱,三分的警告,叮嘱新郎和我要好好互相对待。我要有个妈妈,会在笑着的时候流下眼泪,哭着的时候露出笑容。为了我的出嫁,多了几根白头发,多了许多臭唠叨。新婚前的晚上跑进我的闺房,搂着我睡在家的最后一觉。即便她知道我早已不是一个处女,她还是对着我窃窃私语,出一些新婚之夜的小主意。我想坐着普通的婚车,一定要新郎亲自驾驭,最好就是一辆单车,路程远些是辆红色的摩托,路程近些是辆银色的自行车。我要靠着他的背离开,一路上听他傻傻地表白。我要去的地方,哪怕是一个破旧的小镇,一个僻远的山村,再穷再落后都不要紧,只要能看到笑脸,听到笑声,白天喧哗,夜晚宁静。我要生一个女儿,有一双像爱人的眼睛,能发现爱,漠视恨……"

安芬的脸上,露出无限向往的神气,又有些失落万分的神情。看起来,这其实是简单的要求啊。可安芬能有吗?在今天这个世界上,我能给予她吗?我不能给予,谁又能给予呢?我不禁有些心疼胃痛。我赶紧把安芬搂得紧些,再紧些。我说:"我们不在乎,所有的一切,一切的所有,我们都不要,都不需要,因为,我们有最好的爱情和未来。"

我反复嘀咕着这句话,说着说着,看到安芬睡着了。她的眼皮在跳动,也许她浸入了很好的梦吧。她的脸上恢复了平时一向的坦荡和欢快。我突然有些感动,眼睛里就流下眼泪。我拧熄床头灯,在黑暗中,擦干眼泪。我听到窗外的雪,又在沙沙地下了。那些雪跌落在黑暗,跌落在大地上的声音,时而绵柔,时而坚硬。我想,绵柔的一定是雪花,在寒冷里也能绽放自己的,不是雪花又是什么呢?不绵柔又能怎样呢?在寒冷里坚硬的就是冰块了,它们若是撞击在大地任何坚硬的角落,都是粉身碎骨吧。

不知道过了多久,我突然感到身边变得越来越冷。我做了一个梦,梦见自己跟安芬一起回到白天的滑雪场,然后腾空飞跃。安芬在半空中,突然脱开我的手,像嫦娥一样向高空飞去。我则急剧坠落,像一块巨大的冰块,嘣一声砸在一块坚硬的东西上。幸好我马上站了起来,这时,我发现,我落在一个半山坡上,我身体砸开的雪堆上,露出了一片红色。我赶紧上去用双手拨开更多的雪。我的心跳变得越来越剧烈。我惊恐万分地发现,这是一辆变形的红色汽车,正是安芬那辆波罗乃兹……我一下子惊叫起来:

"安芬!"

我惊出一身冷汗,坐起来,拉开床头灯,发现身旁什么也没有,没有安芬,也没有安芬的衣服。我又喊了几声:

"安芬,安芬,你在吗?"

屋子里死一般静。我光身跳下床,打开屋子里所有的灯,又去卫生间寻找,什么都没有。安芬的鞋子也不在。我赶紧穿上衣服,出门去找。大堂里黑洞洞的,没有人,也没有灯。我就出了门,不由自主地走到副楼。我好不容易找到了黑暗破旧的楼道,里面全是蜘蛛网的丝线,不断地绕上我的脸。我用手拂去它们。楼道的空气中,竟然还有一股干而陈腐的灰尘气味。我打了几个喷嚏,终于爬到三楼的出口。这是我和安芬第一次交谈、品尝藤香茶的平台茶座,在这个寒冷荒凉的度假村里的雪夜,除了这里,安芬又能到哪里去呢?

我终于看到了一个黑影,坐在茶吧的中央。我喊了一声安芬。她轻轻地答应了一声。我走过去,她在黑暗中朝我看着。她的双眼闪烁着亮光。我在她对面坐下来,伸手抚摸她的脸,竟然全是泪水。我说:

"安芬,你怎么了?为什么半夜三更跑到这里来?"

安芬抽泣起来,剧烈地抽泣着。或者她在这里,一直都在这样抽泣着。我的心不禁一沉。在过去的几天里,我与安芬待在一起,形影不离。无论我们怎样讲述彼此的不幸,悲伤甚至屈辱的往事,也不记得安芬掉过一滴眼泪。可是,她居然这样深度地抽泣,在这样一个寒冷的雪夜,一个人跑到破旧副楼的顶楼楼道,深度哭泣啊。

安芬的声音都沙哑了。她说:

"我刚才失眠,突然想到好多天似乎跟这个世界没有联系,只跟你待在一起,很快地相爱,缠绵,缠绵又相爱。真的,我觉得不真实了,可是你就在身边,睡得正香。你的身体热热的,胸脯那么平和地起伏着,随着呼吸。于是,我的心安定了不少。可是我还是睡不着,就拧开电视看。我看到亚布林山新闻频道正在播放一条新闻。"

说到这里,安芬又停下来哭了。我说,什么新闻啊,什么新闻值得你这么伤心啊?

"一条交通事故新闻。"安芬继续说,"说有两辆小车在通向亚布力思度假村的路上,撞了,图像上显示一辆是出租车,一辆是红色的轿车,多么像我的波罗乃兹啊。"

我一听,大松了一口气,原来是这样啊。我不禁有些懊悔,没有去把安芬的车找回来。难道波罗乃兹不是丢在寻找藤乡回来的途中?对呀,不就是丢在途中的某一个地方吗?我们一路热恋,又沉浸在往事里不能自拔,昏头昏脑,幻象丛生。于是我们把车弄丢了,遗忘在回程的某一个环节上。自那之后,安芬好像已经发生过至少一次幻觉吧,在我们望到亚布力思度假村屋顶的时候,她惊呼她的车躺在半山坡,可我什么也没有看到,以致刚才做梦自己砸在车上了。丢失波罗乃兹当然已经成为我们的一个心事,甚至是安芬的心病吧。看新闻看到红色事故车,就产生恐怖的幻觉了。

想到这里,我想有必要让她清醒过来。我站起来,走过去从后面抱住坐着的安芬的脑勺。我用双手抚摸着她的脸,她的泪水还在滚滚而下。我说:"亲爱的,难道感受不到我的手吗?我们都好好的呀。"

安芬伸手抓住我的双手,但是她控制不住自己的哭泣。她说:"我害怕极了,我从来没有这样害怕过,几十年,那么多相关联的人,生命中那么多坎坷,我从来没有畏惧过,我是一个婊子,我他妈怕什么呀。可是我现在怕极了,我都能听到自己心里在呼救!如果那个车祸就是我呢,甚至就是我们呢?那我们的一切,这些天来的一切,不都是假的?我是一个灵魂,还是你是一个灵魂?还是我们都是在一场梦里,明天早上起床,你又变成了一个素不相识的南方人,一个甚至根本没有到过亚布力思的穷画家,而我,依然是那个歌女,没有爱情,没有尊严,只是在男人的寻欢调戏之后,在敞着胃喝酒和扯着嗓子唱歌直至疲惫不堪之后,沉沉昏睡走进了一场梦里?"

我赶紧制止她胡说下去。我捂住她的嘴巴,然后摸她的额头。她肯定受惊吓,受凉,然后发烧出现幻觉了。我说,安芬,我们回房间吧,大家都不要胡思乱想,我们明早去找车。只要车子找到,一切奇思怪想都会烟消云散。

她不再吭声了,站起来抱住我。她的劲大得出奇,我甚至听到自己的肋骨都快要被她挤压破裂了。这里也太冷了,雪团又开始出现了,不时飞到我们身边,然后散开,滴滴答答落在地砖上,落在桌椅上。安芬说自己像虚脱了,一点力气也没有。我提议背她回去,她担心我背不动。我说:"安芬啊安芬,你不能这样看我,我是男人啊。"

于是,我毫不犹豫地背起她,摸索着下楼,走出副楼,进入主楼,又摸黑进入房间。房间里还是温暖的,被窝里也还是温暖的。我帮安芬脱了衣服,又帮她用热毛巾擦了身子,使她被冻得冰凉的身体渐渐回暖过来。安芬很快入睡了。我在她身边,坐在被窝里,疑惑万分地打开电视,并把音量调到最低。许多台已经晚安了,剩下的台,包括亚布林山的两个娱乐频道,我不断地调,看看到底有没有什么新闻。可是,有新闻,就是没有什么交通事故的新闻。我就这样守了一个多小时,也没有发现哪怕与交通事故沾一点边的新闻。

看来,安芬真的病了。

我在她身边躺下去,紧紧地搂住她,唯恐她在我的不知觉中,再从身边溜开,自顾进入恐怖的幻觉。

我想,明天我们去找车,或者报警挂失。后天,最迟后天,我一定要把她带回南方去,带回我的老家太仓,那个记忆里遥远的小镇。虽然好多年,我都没有回家过,但有了安芬,我应该回一趟家吧。我应该把美丽的安芬,总是平和着、欢笑着的善良的安芬,带到我的父母跟前。也许,安芬用甜蜜而又充满磁性的北方女孩特有的声音喊一声爸爸妈妈,能让我的父母从此对我笑开颜了吧。

我在安芬的耳边轻轻地呼唤:

"安芬,你听到吗,我爱你。"

我其实没有喊出声音来,我只是在心里喊了好多遍。可是我的嘴唇触到了安芬脸上的泪水,这是新的泪水吧。好吧,亲爱的安芬,我想,你的心里应该是有一个大型泪水库的,你把它都倾倒出来好了。

当我再一次醒来时,天已经亮了。安芬竟然又不在了。我赶紧出去找,餐厅,副楼平台,总台,甚至她出现幻觉的那个看到度假村屋顶的山坡,没有汽车,也没有安芬的影子。

几个小时后,我的胃又开始了久违的疼痛和痉挛。

我赶紧回到房间,喝了一杯水,坐在床上,打了一个又一个寒战。我突然有些不良的感觉,是不是安芬真的出事了,真的就像她所担心的,她就是个魂灵?我仔细回忆这几天的一切,一切活动,一切交谈,一切言语中的故事。一个又一个疑团,滚滚而来。许多事情细想一下,都是失真的,连一些日常的话,好像都是荒谬不堪的。还有些故事,好像根本没完。比如,第一天她跟我说的那个爱情传说,如果我早点问问她,那一对私奔的人在冰天雪地里裸身冻成冰雕,拥抱后倒地,最后怎么样了,是不是答案里就隐藏着我和她的命运结果呢?可是,我几乎把这个故事忘得一干二净。还有,安芬后颈脖子上不是有几颗痣吗,那曾引起我的注意和疑惑,可后来,我根本就没有想到再去研究这些痣。我为什么会注意和疑惑这些痣？难道不是因为我的小学同学马力后颈子上也有几颗红痣么？

可是,长痣的人多了去了,人人都长痣啊,总会有人的痣长到颈子上吧。

我从房间书桌里找到一支水笔,一张便笺,开始画安芬的肖像。我真的怕安芬就此从我的生活中消失,怕她只是一个影子,一场梦,甚至电脑游戏里一个虚拟的人物。我不能没有安芬,我要趁着她似乎还那么清晰地在我眼前的时候,画出她的像来。我要找一个她最爱的表情,也是我自己最喜欢的表情,真切地把它刻画下来。我要那个剪得不对称的褐色头发,我要那张喜气融融的脸,我要那张笑起来有些迷蒙的脸,我要定格她那笑靥,收藏她那米窝,使劲地握住那双指头瘦削白皙的手……我决定把她画出来后,我就去报案,我想那些警察一定会弄明白她,甚至她的波罗乃兹的去向。

这个时候,我的脑海里突然跳出来一个念头:难道安芬就是马力？

可是,我马上推翻了这个荒唐的联想。因为除了颈子上都有几颗痣,剩下的恐怕就是一个在许多年前与我有联系,然后死了；另一个在许多年后与我有联系,然后暂时离开了。她们根本不是同一代人,更不要说什么谁是谁了。

但是另一个疑问突然又窜出来：

那么,安芬的妹妹安香呢？

我简直无法承受这样的联想,我的胃又开始翻江倒海。我在房间里转悠,在床上翻滚。我感到五脏开始抽筋,四肢变得麻木而又遥远。我翻开安芬的抽屉,找到了一包藤香茶。我赶紧泡了一杯茶。茶水冒着泡沫,散发出一种陌生的味道,有点酸,有点刺鼻。我喝了一口,整个口腔和食道立即发出龌龊的信号。它是那么的恶劣,比我住过的任何一家小破旅馆里提供的免费袋泡茶都要恶劣。我蹲在地上,在痉挛中剧烈地呕吐。我喝下去的藤香茶竟然变成鲜红的血液,被大口大口地吐了出来。它多得甚至溢进了鼻腔,我感到自己的任何一个窍孔都在流血,流这些莫名其妙变得劣质的藤香茶。

我的眼前马上同时出现了举刀的谈默和倒在血泊中的马力母女。我的头脑里轰一声巨响。我简直不能自已了,我烦躁地在屋子里跺脚,用皮鞋踹门。然后我从安芬的梳妆物件里,找到了一把剪刀,胡乱地挥舞。我还用头去撞墙和玻璃窗。

"安芬,你回来。"

我听见自己一遍遍咆哮,声音越来越响亮,越来越疯狂。这些声音和我的身体一起,在半空中解体,变成尖利的冰片,散落得到处都是。我被这些冰片不断砸到。最后我眼前一片黑暗,就看见自己像昨天滑雪一样,从空中栽下去,跌进了那片黑暗中。

(零)

12月25日凌晨,亚布力思度假村副楼顶层酒吧的歌手安芬,为在这里狂欢圣诞不眠夜的客人唱了一夜歌。一个五十多岁、有些秃顶的台商,一夜点了七遍孙燕姿的《遇见》。安芬耐心地唱了七遍。每次她唱到"……我往前飞　飞过一片时间海/我们也曾在爱情里受伤害/我看着路　梦的入口有点窄/我遇见你是最美丽的意外/总有一天　我的谜底会揭开"这些句子的时候,秃顶的台商就趴到小桌子上抽泣。到了第七遍的时候,已经是凌晨四点钟,其他客人开始吹口哨抗议,说这个歌也太老了,听一两遍还行,也不能叫大伙儿整夜都陪着这老人,没完没了听这个。安芬说了一句抱歉,就示意乐队停止了演奏。台商从桌子上抬起脸,迷茫地看着她。

"对不起,先生,没有唱好。"安芬走过去,在他对面坐下来。台商从口袋里掏出一卷钞票,执意塞给安芬。安芬说谢谢,然后收起钱,并帮他倒了一杯温开水。

"您很喜欢孙燕姿的歌吗?"她说,"先生请喝杯水,您大概酒有些多了,我看您一夜喝了不少。"

"我不关心什么歌手,但这一首我喜欢。"台商叹了一口气,满嘴酒气地说,"因为我喜欢的人,就是歌手这个年纪,她是我的偶像,就喜欢这首歌,而她……前不久不打招呼,撇下我,提前去了天堂。"

台商失声痛哭起来。最后,台商说,姑娘,能不能陪我喝一杯酒?安芬说,对不起,我很理解您的心情,也很想陪您喝上几杯,但我现在不能陪您喝酒,下班后我还有点事,得开车下山到镇上去。

"不过,我可以陪您抽一支烟。"

安芬安慰了他几句,并帮台商、也给自己点燃了烟。台商抽了几口烟,含糊不清地说了一会儿话,就趴在桌子上睡着了。安芬吩咐服务生照顾好客人,或者查一下他的房间号,把他送回去。她收拾一番,就回到自己在度假村租住的一个小房间,洗漱一番,准备睡觉。这个时候,她接到山下亚布镇一个经常泡吧的客人的电话,说是刚刚回镇上,发现一个流浪的疯姑娘,破衣烂衫坐在镇口的一棵大树下。

"跟你一样,后颈子上有几颗痣。会不会是你说的那个妹妹?"

客人这样一说,安芬的心狂跳起来。那个客人太熟了,他是镇中学的外文老师,四十多岁,单身,坚持不懈地追求着安芬,每天跑过来泡吧。最近安芬对他倾诉过自己过去的故事,今天夜里还对他说过"来亚布力思并留下来唱歌""似乎觉得这里冥冥中就有自己的亲人在等候"一类的话。

"我也许就是你冥冥中的亲人。"

老师有些兴奋。安芬说,才不是呢,你不要搞错,我说的是冥冥之中啊。没想到老师对安芬的每一句话,每一个故事细节都在意,以至于发现一个流浪女,注意到她后颈子上有痣,竟然也能联想到安芬。安芬在电话里笑起来,说老师你别这么敏感好不好,长痣的女人多啦,而且我妹妹死了多少年了。再说,我和她并没有血缘关系啊。

尽管这么说,安芬还是出了门,到楼后的停车场去开自己的车。安芬的车是一辆红色的斯柯达,上海大众引进的捷克大众品牌车。安芬早年的时候见过一种名为波罗乃兹的小车,她很喜欢,也不知道怎么就把这款波兰车记成是捷克车,或者压根儿在她印象中,波兰跟捷克谁是谁都一样的吧,搞不清,反正就患上了捷克车情结。几年前,她就买了一辆斯柯达车。

安芬发动了机器,打开空调,然后下车清理车上的积雪。边清理边想,这个圣诞夜还真有点奇怪,秃顶的台商让她唱了七遍《遇见》,然后邀请她喝酒。而她撒谎说早上要开车,结果真的就来开车了。

安芬当然不觉得什么流浪女就是自己死了多年的妹妹。但是,还是有一股力量牵引着她。可能就是好奇,她想。她上车放下手刹,挂挡,踩油门。汽车在冰雪地上打了一个滑,就跑出了停车场,沿着下山的路,盘旋着行驶。这个时候,天已经微亮,曙光与山上的雪光交相辉映,天地间因为这些光的交叉混合,很有些迷幻色彩。北方奇寒的清晨,了无人迹。但时光依旧在行驶,安芬也算是独自与时光并进吧。所以,眼前的这种景象,其实是一种万籁俱静中的喧哗,正如人平静外表里激荡的心。

汽车走过一个小弯道,就上了一个环形上坡。安芬伸手去拧大灯开关,可就在此时,一辆蓝色的雪铁龙出租车,脱缰似的出现在前面,迅速下滑,并对着安芬车头前偏左侧冲过来。安芬紧急打方向,并踩刹车。只听见轰一声巨响,两辆车就撞上,并急剧弹开。雪铁龙出租车在雪路上划了一圈半,后面的车门被摔开,一个人从后座上摔出来,滚落在地上。雪铁龙车带着司机,失控地从路沿滑下了山坡,轰隆隆地滚到山谷里了。

这边,安芬听到嘭一声闷响,感到自己的头撞上了挡风玻璃,然后弹回来,气囊在一瞬间爆开,同时她听到自己的身子与座椅发出挤压的破碎声。旋即,一切就静止了。她从短暂的惊吓无助中惊醒,扒开气囊。这时,她看见她的车悬挂在路与山谷之间,车头冲着路。幸运的是,她顺利解开了安全带,并打开了车门,爬出了车。她没有来得及细看,刚一眼瞥到车头似乎都给撞没了,她的斯柯达就因失重,哐当哐当地掉下了山谷。

安芬傻傻地站在路边上,她的口腔和鼻子都在往外流血。一股腥甜的热流浸染着她。

几米开外,雪地上躺着从雪铁龙出租车上摔出的那个人。

安芬发现,那个人拧了一下身子,努力挣扎着朝安芬这里动了一下。安芬赶紧走过去,在他身旁蹲下身子。就在此时,正好太阳破晓,红色朝阳刷一下照射过来。安芬下意识看看东方,发现太多的云层堆积在日出的地方,但是被它们分割得七零八落的太阳,还是透射出数道光芒。她被这些光芒灼伤了一般,眼前涌荡着无数的颗粒状光斑。

她低下头,好一会儿才看清那个人。这是一张苍白瘦削的脸,一个看起来二十出头的小伙子,他的身上散发着一缕汗香。

"喂喂,你怎么样?"安芬伸手去摸摸他的脸。

小伙子嘴唇动了两下,那里面发出的微弱声音,安芬听到了,好像是"我冷",也可能是"你好"。然后,安芬看到他似乎还笑了一下,就闭上了眼睛。

安芬试图抱起他,但是没有成功,而且她自己也太累了。于是,她坐到雪地上,使劲抱起那人的头,使他的上半身进入她的怀抱。

"我冷。"

对,他一定是说我冷。安芬使劲地摇晃他的头,喊他。

"喂喂!你叫什么,帅哥你叫什么名字?"她说,"你可不能睡觉啊,太冷了,你受伤了吧,会睡死过去的。"

安芬一遍一遍地重复呼喊他。同时解开自己厚厚的羽绒上衣,把小伙子的头包在自己温暖的怀里。她不断地摇晃着他,感觉他应该可以在她的怀里暖过来,醒过来。过了好一会儿,他并没有动静。安芬感到自己也撑不住了,她的眼皮开始打架。可能是口腔和鼻腔里血液凝固了,她呼吸都困难起来。于是,她的意识里决定放松自己的身体和神经,先做一个短暂的休息吧……

上午九点过几分,第一辆过路车——一辆快递公司带着防滑链的面包车出现了。司机在他们面前刹住车,下车后惊呆了。眼前一男一女抱在一起,男的躺着,女的匍匐着,男的依偎在女人的怀抱。围绕他们四周,落满了汽车部件的碎物:护板、碎玻璃,甚至一整个变形的蓝色车门。快递公司的司机喊了两声,两个人没有回应。他小心翼翼地走过去,发现他们像睡着了,也像死了。他试探了一下他们的脸,发觉似乎也都有体温。司机掉头就狂奔向自己的车,在自己的车前摔了一个大跟头。他赶紧在车上找到自己的手机,发现信号微弱。尝试了几次,他终于把报警和急救电话打了出去。

两个人被送到了附近的县城医院进行抢救。一系列措施并没有使他们苏醒过来。但是,他们并没有死亡,而是处于人在重大事故后常见的亚死亡状态。在经过一系列内外伤的急救处理后,两个人被送到了WIP(无希望生命维持)室。接下来,院方除了尽可能维持两个人的微弱生命外,就是要配合警方尽快弄清楚两个人的身份,并通知到家人。

由于该医院加入了"ZDDD(临终关怀)联合体"——这是一个受联合国教科文机构资助的全球性的生命与人道民间组织,该医院就是该组织分布在世界各个角落的三百多个成员单位之一——因而医院收治特殊生命垂危病人,他们的信息会及时通过一个专门的互联网通道,传送到该组织的总部专家网站。该组织会根据情况,组织世界各地的顶尖专家在网上进行会诊,第一时间提供有效的治疗方案。当然,与其说是"治疗方案",不如说是"安怀方案",因为ZDDD的目标病人是那些绝对处在死亡边缘的人,为他们提供死亡前的精神呵护,特别是心愿、情感等临终意识的交流、翻译和传达帮助。就这样,他们两人的信息当天就被传到总部。这对病人的特殊性引起了专家们的关注。在一番讨论后,中国区一流的专家赶赴现场,进行临终安怀。当晚六时许，ZDDD 中国分部的首席专家潘姚拂晓女士，在丈夫、助手潘先生的陪同下，已经从北京乘坐国航班机，又冒雪乘车辗转来到医院。

当晚开始，按照以往的惯例，潘姚拂晓女士经过严格的洗漱和消毒后，正式住进了两人的 WIP 室，全面观察他们的生命反应，捕捉他们的意识信号。潘姚女士携带了一件特殊仪器，HFIJHOFIO，这种由 ZDDD 组织发明的仪器，中文名称翻译为"心灵感应仪"。其实，潘姚女士认为这个中文名称是不准确的，因为其英文名称是西方远古故事里一个人物的名字，该人物为灵魂品格分析师，他负责在生命的出口处对那些前来报到的灵魂进行前世人格分析，然后向上帝提出该灵魂的去向建议，天堂、地狱还是炼狱，甚至遣送回人间。但是，翻译的难题在于文化差异，考虑到中国文化里意识的高度唯物特征，人们对一切看不见摸不着的东西，动辄会下一个"迷信"甚至"骗局"的定义，所以译者与潘姚女士反复沟通后，决定选用"心灵感应"这个比较中性的词。这台仪器由一个无线的感应器与一台苹果专业电脑构成，对生命的反应和意识做感应收集和模糊阅读。它与解读心电、脑波的那些仪器，到底有什么不同？说白了，人类发明并一直在使用的那些仪器，说到它的收集和阅读对象，还是人的生理反应，而HFIJHOFIO 针对的是情感，是灵魂。潘姚女士和诸多全世界范围内的 ZDDD 专家一样，是坚定的灵魂信仰者。这个信仰来自后天的学习和认知，更基于她自己的亲身经历。

2004 年，三十二岁的姑娘姚拂晓，在北京大学医学院读神经心理学博士研究生。临近毕业的一个晚上，她与一群同学和朋友在三里屯一家酒吧喝酒跳舞到凌晨,回到住处后不知怎么从楼梯失足,跌落在楼道里不省人事。两个多小时后她才被第一个出门上班的邻居发现,送到医院抢救。后来的几天,姚拂晓处于深度昏迷状态,脑颅大量溢血,心律微弱,处在死亡边缘。但是幸运的是,经过医生不懈的努力抢救,以及同学朋友的精心呵护,姚拂晓渐渐苏醒过来。虽然脑神经受到重创留下了后遗症,一只胳膊残疾,肋骨错位,四分之一的头盖骨是金属的,但是两个月后,毕竟恢复了一切意识。从情智角度来看,她成为死里逃生后的健康人。此后,她顺利地完成了博士毕业论文以及答辩,拿到了博士文凭。毕业后她做了两件重大的人生决策。一是婉拒了在大型国有教科研单位中国神经心理研究院就业的邀请,加入了ZDDD组织,并成为中国区首席专家。二是一出院就向她的一位潘姓师弟表白了爱情,两人很快结婚。这第二件事宣布时,所有的熟人都惊呆了,因为在姚拂晓出事前,从来没有人看出来他们有任何来电,他不过是她众多同学朋友中的普通一员。至于姚拂晓住院期间,大家都是轮流看望和陪护的,在她身边待过的男生至少有十好几呀,并没有谁有得天独厚的机会。再说,姚拂晓当时处于深度昏迷,根本没有什么知觉,那期间跟谁都不可能培养出感情。

其实,谜底恰恰就在其中。

"我其实一直都是清醒的,根本不是你们看到的那样,是一个几乎死亡的躯壳。"

后来潘姚拂晓在很多次的学术报告会上现身说法,陈述当时的情景,"在我摔下去的一瞬间,我的确感到自己跌入一片黑暗,然后什么都没有了。但是不知过了多久,我感到自己从一个漩涡状的黑洞里,轻飘飘地上升,并停留在自己身体的上方。这个时候,渐渐有了一些光亮,尽管那种光亮透明度很低,如同潜在一片浑水中睁开眼睛看世界,但是毕竟是光亮。借着这种光亮,我看见自己躺在楼道间的水泥地上,旁边还停着两辆自行车,其中一辆倒在我身边。我的脸上、裙子里露出的腿上,都是血,嘴角边有血,也有一些呕吐物一类的东西。我的皮肤变得苍白。我那时非常焦急,知道自己失血很多了,如果再没有人过来送我去医院,我很可能就彻底毙命了。就在我焦急万分的时候,我听到楼道里响起来脚步声,有人下楼了。当他走在我上方的楼梯上时,我使劲地喊救命,快救救我。然后那个中年男人就真的探头往楼梯下看。就这样,我被发现了。不一会儿,我看到混杂的身影,听到鼎沸的人声,我的心就踏实下来。我想我太困了,我得喘一口气,把自己彻底放松下来。于是,我就走向自己的身体,躺了下来⋯⋯"

潘姚拂晓的故事一开始受到很多人的质疑。他们认为这是一种借耸人听闻的故事炒作自己谬误学术的欺骗。更有许多人文学者,认为她是借科学之名,宣扬迷信。而相信潘姚拂晓的人,则是基于对她和潘同学人品的肯定。因为故事的关键情节是,潘同学暗暗喜欢姚同学,却从来没有流露过,姚同学出事前对他的心思一无所知。可是,在姚同学"死亡"期间,她看见了潘同学的爱,许多细节流露出这种爱。比如,姚拂晓苏醒后记得,潘同学在陪护她的时候,看着她,眼睛里流露出来的爱慕、心疼和热烈。好几次,她感觉自己跟着潘同学出了病房,然后一同进入电梯,几乎每一次电梯门关上后,不管里面有没有其他人在,潘同学的眼泪都止不住滚滚而下。那时,她特别感动,但她不敢跟他走出电梯,走得太远,她感到离自己的身体越远,就越恐慌和疲劳。每次目送他离开,就赶紧回到自己的病房,朝自己的身体躺下去。有一天午后,潘同学坐在重监室外面的椅子上睡着了,她就从自己的身体里走出来,在他身边坐下,看着他。后来,她看到潘同学做梦了,她就如同进入一个3D世界,在镜头里晃悠悠地,看到她的潘同学走过来,抱住她,亲吻她,说她是他的未来,可千万别离开……她于是喃喃自语地回答他:为了你,我不离开。然后,潘同学就惊醒了。显然,他听到了这句话,惊慌失措地看看四周,又茫然地站起来,隔着监护室的玻璃往里看。这个经历在日后两个人交换坦陈之后,成为她的一个重要的研究成果,这就是人类的梦,基本上是由记忆和情感支配的灵魂活动。两个灵魂自然可以在现实世界驻在肉体里彼此相处,也可以都处于脱壳的情况下,在另一个维度的世界里相处。而一个脱壳的灵魂跟一个肉体里的灵魂交流,则变得非常困难,这个时候,只有梦会成为灵魂载体,出现在一个单纯的灵魂面前。

姚拂晓出院后的一天,潘同学来她的单身宿舍看她。她就突然对他说:"你什么时候搬过来住?我不愿意孤单了,我孤单着浪费的幸福时间太多了,我要你马上决定是否娶我,并一辈子照顾我,我现在是一个残疾人了。"

潘同学傻了,惊讶得好久没有说出话来。姚拂晓便讲述自己"灵魂"的所见所感,包括一些极其细微的细节。

他们的爱情故事,如果以值得信赖的人品为前提,具备真实性,无疑可以证实他们后来从事的事业的科学性和必要性。"在人体受到意外伤害,濒临死亡的情况下,人的精神会变得特别强大。"潘姚拂晓在一个报告中写道,"一切精神意识,像受到召唤一般,集中到一起,聚合成灵魂,并时常挣脱到人体外。它畏惧肉体死亡,自己无所寄托,同时又承担了太多肉体健全时的使命,人的很多愿望和感情,急需在自己死亡前向其亲朋诉求、传达、交代,它是孤独无助的肉体的唯一使者。我们要做的工作就是接应它,尽可能获取它传达的信息,以破解生命最后的愿望。"

潘姚夫妇很快投入了这项事业,并在全国各地奔走。起初受到的舆论压力和工作阻力是很大的。但是,近五年来美国、法国和俄罗斯等国的科学家,发表了许多实验报告和科学论文,证实生命在脱离人体的前后,的确有灵魂(也有的称之为信息流等)出现。科学家甚至在垂死病人的房间安装不间断拍摄的精微摄像机,捕捉到夜间灵魂的游弋,有如"一束散淡的光,从人体里发出,然后这些光以不固定的外形,徘徊在人体周围,甚至向门窗方向移动,穿透阻碍物的玻璃甚至墙体,走了"。而世界各地的一些像姚拂晓这样起死回生的幸运者,在接受科学家访问时,绝大多数都可以描述出自己的"死亡过程"。世界著名的死亡学研究杂志《后生命科学》,2010年披露一位受重伤接受抢救并幸运活过来的英国农场主的经历:事后,她对医生在实施手术过程中焦急的交谈、使用的工具,以及自己破裂的内脏和打开后的脑颅内部充血的糟糕状况,了如指掌,就好像她自己参与了医生的工作那样熟悉。而实施手术过程中,她的瞳孔都放大了,几乎没有什么生命希望。她说:"自己当时好像飘在手术灯上方的黑暗里,紧张地注视着光亮下的手术场面,并在反复为自己祈祷,希望手术能够成功。"后来她听到女儿的抽泣声,就飘到室外,看到女儿腆着肚子坐在走廊的椅子上流泪。女儿已经怀孕八个月,她一眼就看到自己的外孙子在女儿的肚子里。"他朝我笑了一下,然后就歪过头,不再看我。"这位女农场主的话,让绝大多数人信服,因为此前她毫无医疗和生理结构方面的知识。

"事后,她简直成了一个生理专家,至少是洞察自己的专家。"这份披露报告的执笔者之一科林教授说,"我们不但得到了生命后生命现象的资料,而且通过她了解到生命前的不一般现象。那个胎儿可以与自己外婆的灵魂交流,他们彼此看见对方。"在古老的中国,有一种说法是幼童可以看见异界。一个一岁半的小孩突然认真地对着一个方向喊奶奶——他的母亲看过去,那里却什么也没有,而小孩的奶奶早在小孩出生不久后去世了。孩子的妈妈感到很奇怪,就问孩子,奶奶在哪里?孩子用手指向门口。孩子妈妈走过去,什么也没有看见,但是她感到一股电流,快速地扫描了一下自己的身体。这样的经历,在我们的生活中并非不存在。

"跟踪灵魂的目的不仅是呼唤灵魂回到肉体,以从渺茫的希望中拯救一个生命,更重要的是帮助灵魂实现未了的夙愿。"潘姚拂晓女士强调说,"其中最重要的是那些意外伤亡者,这部分生命没有任何准备,来不及向自己关联的生者招呼,就撒手人寰。他们跟那些生老病死的人不一样,他们本来健康强壮的身体和诸多强烈的愿望,会使他们的灵魂变得强势。如同手机电池电量充足时,信号相对要强大一些。"而眼前的这两个年轻人,受到意外重创,在冰天雪地里,相依相拥在生死边界上,他们无疑是ZDDD式安抚最典型的目标。潘姚拂晓女士坚信,他们的今生来世隐藏了无数故事。当她凝视着这两个人苍白的脸,平静如熟睡着的表情,她知道此时他们的内心一定在激荡着,他们的意识一定在活跃着。

后来的几天,虽然他们一如既往地躺在雪白的床单上,裹得严严实实的身体没有任何动静,呼吸器、助搏器、心电仪和各种输液、外排的插管,满满地缠绕着他们,看起来似乎什么也没有发生。然而,潘姚拂晓女士却发现和收集到大量的生命活动信息。比如从第二天开始,两个人的心率扫描线索出现趋同,到第三第四天,线性波动越来越相似,最后几乎惊人一致。他们的体温也在不断变化,有时候两个人温度同时升高,当这个信号在仪器上显示出来的时候,潘姚拂晓赶紧观察两个年轻人的身体。她发现他们此时的脸色有了轻微的红晕,不是平素状态下的失血惨白。最有价值的当然还是 HFIJHOFIO 收集到的信号,这些来自两个年轻人的生命信号,或者叫灵魂活动信号,不断传达给仪器并进入电脑里的显示和分析软件,特别活跃。当然,仪器只能模糊解读灵魂信息是否出现和活动,依靠比如强弱度、行径的远近、灵魂情绪的剧烈变化表现等相对简单的信号。而所有的信号活动由分析软件在屏幕上传递出的色块、线条、交错图形、波动状态等来表现。这种表现的意义解读,更多的要依赖专家的经验和情商。

即便如此,在经过前四天几乎不眠的工作后,潘姚拂晓女士还是在观察报告中写下了一行这样的话:

"我坚信两个年轻人处在热恋中,他们在生命的最后燃情。"

但是,大家掌握的初步情况表明,这两个人应该根本就不认识。一个是从距离亚布力思六十多公里的机场打出租车来的南方客人,一个是开车下山的度假村酒吧歌女,两车在山路上意外对撞,出租车司机当场死亡,而他们可能有过短暂的清醒,其中一个甚至试图救助和安抚另一个,但最后还是体力不支倒下。稍微幸运的是,他们两人都没有像出租车司机那样当场死亡,而是处在亚死亡(也有说法是脑死亡,但许多专家不认同这个说法)状态。那么潘姚女士的判断,到底有多少靠谱?信服度在哪里?在那些模糊的仪器语言里吗?

第五天,公安部门也弄清楚了两个人的身份:安芬,三十三岁的单身女子,亚布林山市人,与母亲一起长大,母亲已去世。目前没有亲人,据其同事讲,也没有固定男朋友。她一直在北方沿海的一些城市漂泊打工,没有固定职业,主要在歌厅陪客唱歌,近两年改做酒店大堂或酒吧歌手。事故前的两个月来到亚布力思滑雪度假村,应聘酒吧歌手并留下来。她曾经跟要好的吧女和客人谈起自己来此打工的目的,是"莫名其妙喜欢这个地方,感觉有亲人会出现"。她自己说过这种感觉不止一两次。别人细问的时候,她就说,她有一个妹妹叫安香,十二三岁的时候在南方被自己的初恋男友杀了,她怀疑那是一个错误消息,因为她觉得自己的初恋男友不是那种人,而她的妹妹也不会死,应该长大了,回到北方,在某个地方恋爱、生活,并耐心等待姐姐的出现。事实上,安芬的愿望可能过于美好,警方了解到,她的妹妹安香,在小学毕业的那年暑假,在南方的一个小镇,与生母一起被人杀害。在那里,安香恢复原名,跟从母亲姓马,叫马力。凶手名叫谈默,曾因流氓罪被判刑,出狱后行凶报复,杀死举报人的前妻和女儿。而在侦查案件的过程中,警方曾怀疑死者马力的小学同学栾小天,因在马力的裙子口袋里找到他为马力画的肖像画,并在裙子上检测到他的精液。所以,世界何其狭小,从这个事件看,安芬与栾小天存在关联,具备相识的条件。这也就不能排除,此次,栾小天借一次画作获奖前来约会安芬的可能性。

这天夜里,安芬的生命线走弱,并在后半夜进入完全死亡状态,呼吸和心电均彻底消失。只有 HFIJHOFIO 仪器显示出灵魂尚有一段时间的活动,一个代表安芬灵魂信号的光团,在苹果专业电脑屏幕上不断放射光芒,光的亮度又不断衰弱,最后融入代表栾小天生命信号的一块不定型彩色中。到了凌晨,屏幕上孤单的栾小天的灵魂色块开始褪色并安静下来。最后变成了一个异常耀眼的光团。这个时候,奇迹出现了,潘姚拂晓女士突然发现不知什么时候,栾小天的一只胳膊伸在了被子外——简直无法想象,这个连生命迹象都消失了好几天的小伙子,怎么竟然把那只压在严实的被窝下、缠绕着输液管的胳膊伸了出来!而那只胳膊,正是向着安芬床位的方向。在这一瞬间,潘姚拂晓的心灵仿佛被一道雷电击中,她想都没想,就明白了那只胳膊的意图。她把安芬的床向中间推了几步,靠近到栾小天的床边,两个床依偎在一起。然后她把安芬的胳膊从被子里拿出来。安芬的胳膊虽然有些凉了,但依然是柔软的。

栾小天的手掌自然地半握半张着。当潘姚拂晓博士小心地把安芬的胳膊放进他的手心时,那双手马上紧紧地合拢了起来,抓住了那只胳膊。与此同时,电脑屏上的光团发出耀眼的光芒,而且是彩色的,光圈一波一波地向外荡漾。最后随着荡漾收缩,再收缩,成为黑暗一片的屏幕上的一个光点,那个光点化成一条波线,看起来如同一只精子,游向了黑暗深处。

在完全黑屏之后,潘姚拂晓博士再看看栾小天的其他仪器,显示表明,他也去世了。

潘姚拂晓下意识地走到窗边,向外看去,见天已经亮了。东方露出红色的曙光,近的楼群,远的雪山,无不罩在曙光里。墙上的电子钟显示:06:07 2012-01-01。

栾小天的父母也许已经登上了从南方飞往北方的航班了吧。疲惫不堪的潘姚拂晓女士，甩甩她那只残疾僵硬的胳膊，努力活动了一下自己的身体。准确说，她除了每天草草地出去吃饭洗漱消毒，整整五天五夜，她几乎都是在这里度过的。实在困倦了，就在边上小套间的陪护小床上眯一会儿。现在，她回头看着那双紧握在一起的手臂，内心真是十分的欣慰。她觉得这无疑是自己努力工作创造的一项生命奇迹。对。就这么一对握在了一起的手臂，比什么不美，比什么不令人震撼呢？感动之余，她思量着几个小时后，如何安慰即将来到的经历失子苦痛的栾家父母，并怎样才能说服他们，让两个幸福中的年轻人不要分开，一起上路，永远都不要分开，哪怕化为灰烬。

　　2012年的第一个早晨，是那样的祥和。两个并排躺着的人，像熟睡了一样乖巧，安静。

　　潘姚拂晓博士看着他们，止不住眼泪滚滚而下。她内心的感动不断地涨潮。那种澎湃，如同2004年自己躺在死亡线上，却真切地看到她的潘同学，在医院的电梯里，为她奔涌着男子汉的眼泪一样。

2011年春夏，南方阴雨绵绸中